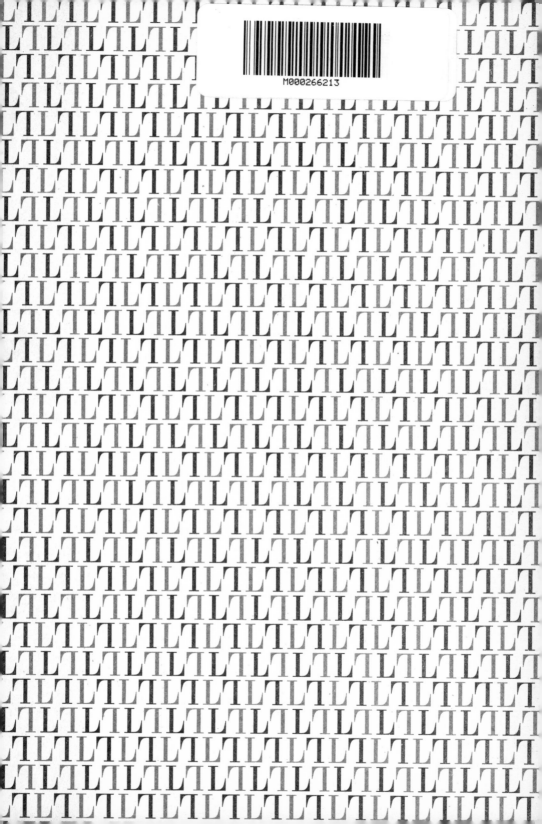

M000266213

Las cuatro esquinas del corazón

Las cuatro esquinas del corazón

Françoise Sagan

Traducción del francés de
José Antonio Soriano Marco

Lumen

narrativa

Papel certificado por el Forest Stewardship Council®

Penguin
Random House
Grupo Editorial

Título original: *Les Quatre Coins du coeur*

Primera edición: mayo de 2021

© 2019, Éditions Plon
© 2021, Penguin Random House Grupo Editorial, S. A. U.
Travessera de Gràcia, 47-49. 08021 Barcelona
© 2021, José Antonio Soriano Marco, por la traducción

Printed in Spain – Impreso en España

ISBN: 978-84-264-0840-2
Depósito legal: B-4872-2021

Compuesto en M. I. Maquetación, S. L.
Impreso en Egedsa (Sabadell, Barcelona)

H 4 0 8 4 0 2

Las cuatro esquinas del corazón

Prólogo

Las numerosas reediciones realizadas desde que en 2007 me hice cargo del legado de mi madre me otorgaron el privilegio de escribir los prólogos de las diversas obras que acababa de confiar a una pléyade de editores amigos: *La Vitesse, Bonjour New York, Chroniques 1954-2003, Sagan, ma mère* y, en fecha más reciente, *Tóxica*, que pronto aparecerá en su versión original.

Los editores parecían haber encontrado en mí una presa fácil, una presa que no obstante se alegraba invariablemente de someterse una y otra vez a la obligación de escribir. Y quiero precisar que el hecho de que ese trabajo estuviera ligado o no a la obra de mi madre no cambiaba nada: el ejercicio seguía siendo igual de estimulante para mí.

Ciertamente, los textos que debía presentar ya habían sido editados —reeditados, en algunos casos— y por lo tanto, leídos, releídos y, con toda probabilidad, también lo bastante prologados para que una nueva nota de presentación no significara mucho e incluso pasara totalmente inadvertida.

Así que, cuando la editorial Plon decidió pedirme que escribiera el texto introductorio de *Las cuatro esquinas del corazón*, no me sorprendió, sino que se me sentí agradecido por la confianza que me demostraban una vez más. Fue por la tarde, de regreso a casa y con la mente en calma, cuando comprendí la importancia del encargo que acababa de aceptar. Se trataba, ni más ni menos, de presentar una obra inédita de una autora icónica, cuya publicación hacía presagiar un ciclón literario, acompañado de un temblor de tierra mediático.

A decir verdad, solo conservo un vago recuerdo del modo en que el original llegó a mis manos. Debió de ser dos o tres años después de que me hiciera cargo de su legado y, en su momento, el hecho de que me entregaran aquellas carpetas me pareció casi un milagro, dado que los bienes de mi madre en su totalidad habían sido embargados, vendidos, regalados o adquiridos de forma dudosa.

La novela, delgada, estaba encuadernada con unas sencillas tapas de plástico, como las que utilizan los estudiantes para publicar sus tesis, y constaba de dos partes: la primera era *Las cuatro esquinas del corazón* y la segunda, que comenzaba con la frase «El tren de París entró en la estación de Tours a las cuatro y diez...», se titulaba *Le Coeur battu*. (En esos momentos no había título definitivo para esa novela y, en el instante en que escribo estas líneas, sigo sin saber cuál elegiremos.)

El texto mecanografiado había sido fotocopiado tantas veces que muchas letras ya no se distinguían con claridad. Se habían añadido, de forma desigual, tachaduras, anotaciones y correcciones, cuyo origen ignoraba. Y como ambas partes estaban sueltas en un revoltijo de carpetas, documentos y archivos diversos, tardé algún tiempo en comprender que se trataba de una sola y única novela.

Fue, pues, un cúmulo de circunstancias afortunadas —o desafortunadas, más bien— lo que hizo que en un primer momento solo echara un vistazo distraído al original: al principio no imaginaba que pudiera tratarse de una novela inédita. Además, en el legado de mi madre reinaba una gran desorganización, y mi mente estaba centrada por completo en desenredar la enrevesada maraña de problemas legales, fiscales y especialmente editoriales.

No obstante, pensándolo hoy, di pruebas de una enorme negligencia hacia un texto que, aunque inacabado, me había sorprendido por su estilo rabiosamente saganesco —su carácter a veces irreverente, su barroquismo y lo rocambolesco de algunas de sus peripecias—, y tuve que ser muy descuidado, pues, para prestarle tan poca atención y dejar *Las cuatro esquinas del corazón* en el fondo de un cajón durante ese lapso de tiempo. Pero el hecho de que estuviera inconcluso hacía que me pareciera imprudente encomendar su lectura a nadie en quien no confiara plenamente.

Unos meses antes había visto a la mayoría de los editores parisinos, que, con sus sucesivos rechazos, me hicieron temer que las obras de Françoise Sagan desaparecieran en la noche del siglo XX. Luego conocí a Jean-Marc Roberts, un hombre providencial, que más tarde se convirtió en mi mentor para los asuntos editoriales relacionados con el legado. En esa época dirigía la editorial Stock y había aceptado reeditar, de entrada, la totalidad de los quince títulos de mi madre que le había llevado a la rue de Fleurus una tarde de abril. Además de convertirse en mi editor, consideré enseguida a Jean-Marc Roberts un amigo, y naturalmente fue a él a quien semanas después confié con discreción la lectura de esa novela, cuya forma, tan confusa, planteaba serias dudas respecto a su eventual publicación.

Al margen de nosotros, *Las cuatro esquinas del corazón* había sido objeto de una tentativa de adaptación cinematográfica —de ahí las innumerables fotocopias—, aunque el proyecto nunca prosperó. Así pues, el original había sido retocado, por no decir muy modificado, para inspirar libremente a un guionista en boga. En consecuencia, *Las cuatro esquinas del corazón* no podía ser publicada tal cual: su contenido, por su evidente debilidad, perjudicaría de manera sustancial la obra de mi madre.

Tanto Jean-Marc como yo consideramos la posibilidad de que un autor contemporáneo que estuviera a la altura de la tarea reescribiera la novela. Pero el original, carente de determinadas palabras, a veces incluso de pasajes enteros, adolecía de tales incoherencias que no tardamos en abandonar esa idea.

El texto volvió a la sombra, lo que no me impidió hacer nuevas lecturas cada vez más atentas durante los meses siguientes. Varias voces insistían en que yo era la única persona que podía reescribir el libro, que era necesario publicar, fuera cual fuese su estado, porque aportaba una pieza sin duda imperfecta pero esencial al conjunto de la obra. Quienes conocían a Sagan y la amaban merecían disponer de la totalidad de su producción literaria, tener una visión global de una obra acabada.

Me puse manos a la obra y realicé las correcciones que me parecían necesarias, cuidando de no alterar ni el estilo ni el tono de la novela, en cuyas páginas iba encontrando la absoluta libertad, el espíritu independiente, el humor ácido y la audacia, rayana en la insolencia, que caracterizan a Françoise Sagan.

Sesenta y cinco años después de *Buenos días, tristeza* y diez de un atormentado duermevela, su última novela inacabada, *Las cuatro esquinas del corazón*, se publica al fin en su estado más esencial, más primitivo y más indispensable para sus lectores.

DENIS WESTHOFF

1

La terraza de La Cressonnade, enmarcada por cuatro plátanos y provista de seis bancos verde ciudad, era magnífica. Y el edificio en sí debía de haber sido en su día una hermosa y vieja casa de provincias, pero ya no era ni hermosa ni, siquiera, vieja. Adornada recientemente con minaretes, escaleras a cielo abierto y balcones de forja, reunía dos siglos de un dispendioso mal gusto que desnaturalizaba el sol, los árboles, el gris de la gravilla y el verde del entorno. La escalinata de la entrada, formada por tres sencillos peldaños grises, estaba protegida por una barandilla seudomedieval que ponía la guinda antiestética.

Pero a los dos individuos sentados frente a ella, cada uno en una punta de un banco, no parecía importarles. A veces, la fealdad es más fácil de contemplar que la belleza y la armonía, que nos pasamos el tiempo verificando y admirando. En cualquier caso, Ludovic y Marie-Laure, su mujer, parecían del todo indiferentes a la cacofonía arquitectónica. Y no solo ignoraban la casa; en lugar de mirarse el uno al otro, se miraban los pies. Por muy bonitos que sean sus zapatos, las personas que no buscan un rostro o un entorno en el que posar los ojos tienen que estar un poco mal.

—¿No tienes frío?

Marie-Laure Cresson se había vuelto hacia su marido, inquisitiva. Dotada de un rostro atractivo, con expresivos ojos malva, una boca un poco afectada y una nariz encantadora, había tenido mucho éxito antes de casarse, un poco precipitadamente, la verdad, con aquel chico fuerte y sano, llamado Ludovic Cresson, algo playboy y algo simple, que las jovencitas del decimosexto distrito se rifaban en esa época, dados su fortuna y su buen humor. Aunque era notorio que le gustaban las mujeres, estaba claro que Ludovic sería un marido fiel. Por desgracia, todas sus cualidades, excepto el dinero, fueron casi otros tantos defectos a los ojos de Marie-Laure. Sofisticada, sin cultura, pero con un barniz útil, adquirido gracias a una mezcla de lecturas conforme al gusto del momento, resúmenes y tabúes, tenía fama, en su ambiente, de poseer una inteligencia rápida y perfectamente a la moda. Quería llevar las riendas de su vida, y por tanto de las ajenas; «vivir a su aire», como decía ella. Pero no sabía ni lo que era la vida ni lo que quería, aparte del lujo. En realidad, quería sentirse del todo satisfecha. Costaran lo que costasen sus joyas y fuera cual fuese la fortuna de su suegro, Henri Cresson (apodado el Buitre Volador en su querida Turena natal), ella se encargaría de que se supiera.

※

No explicaremos —por evidentes— los motivos que llevaron a bautizar como La Cressonnade la vieja fábrica y los viejos muros de la casa. En cambio, sería más complicado y más aburrido aún explicar por qué los propios Cresson habían ganado una fortuna con los berros, los garbanzos y otros vegetales de pequeño tamaño, que ahora enviaban a las cuatro esquinas del planeta. Es un tema sin interés, que requeriría más imaginación que memoria, al menos por parte de la autora.

—¿Tienes frío? ¿Quieres mi jersey?

La voz del hombre junto a Marie-Laure era, naturalmente, amable y agradable, pero demasiado interrogativa e insegura en relación con la insignificancia del asunto. De hecho, la joven pestañeó y desvió la mirada, mostrando con ello un sutil desprecio hacia el jersey de su marido (que había examinado un instante).

—No, gracias. Voy a entrar, es más lógico. Y tú deberías hacer lo mismo. Solo faltaría que encima cogieras una bronquitis.

Marie-Laure se levantó y se dirigió con paso tranquilo hacia la casa haciendo crujir la gravilla bajo sus modernos zapatos. Incluso en el campo, incluso sola, Marie-Laure siempre iba elegante y *up-to-date* pasara lo que pasase.

Su marido la miró con ojos admirativos... y, a la vez, recelosos.

*

Hay que decir que Ludovic Cresson acababa de salir de las diversas clínicas a las que lo había llevado un accidente de coche tan catastrófico, tan tremendo, que ningún médico ni ninguna enamorada habrían podido imaginar que sobreviviría a él.

Conducido por Marie-Laure, el cochecito deportivo que le había regalado Ludovic por su cumpleaños se había empotrado en un camión parado, y las planchas de acero que transportaba dicho camión habían destrozado el asiento del pasajero. Aunque la cabeza de Ludovic había salido del amasijo estéticamente intacta y aunque Marie-Laure no se había hecho nada en absoluto ni en la cara ni en el cuerpo, el acero había atravesado el de Ludovic en varios lugares. Entró en coma, y los médicos le dieron un día, dos como máximo, para dejar este mundo cruel.

Solo que, en la especie de fortaleza natural que los albergaba, los pulmones, los hombros, el cuello y todos los órganos de los que dependía la salud exterior e interior de aquel ingenuo muchacho se habían mostrado mucho más astutos y luchadores de lo que cabía esperar. Mientras se pensaba ya en las ceremonias y la música para el entierro; mientras Marie-Laure se preparaba un conjunto de viuda sobriamente admirable (muy sencillo, con un esparadrapo —innecesario— en la sien); mientras Henri Cresson, furioso al ver frustrado uno de sus proyectos, le daba patadas a todo e insultaba a sus empleados; mientras Sandra, su mujer y madrastra de Ludovic, hacía gala de su habitual y abrumadora dignidad de enferma que guarda cama a menudo, Ludovic había luchado. Y a los ocho días, para estupor de todos, salió del coma.

Ya se sabe que hay médicos que le tienen más aprecio a sus diagnósticos que a sus pacientes. Ludovic sacó de quicio a todas las grandes eminencias que Henri Cresson había hecho llegar (por costumbre) de París y de todas partes. Su facilidad para volver al mundo los irritó hasta tal punto que le encontraron algo sumamente peligroso en la cabeza. Eso —junto con su silencio— bastó para ponerlo en observación y, luego, ingresarlo en una clínica más especializada. Estaba confuso, así que lo consideraron ausente, incluso discapacitado, y la absoluta solidez y salud de su cuerpo no hicieron más que reforzar esa impresión.

Durante dos años, Ludovic, sin una palabra ni una queja, fue de clínica en clínica, de hospital psiquiátrico en hospital psiquiátrico, incluso viajó a Estados Unidos, maniatado literalmente en un avión. Todos los meses, su reducida familia iba a visitarlo, lo veía dormir —o «sonreír estúpidamente», decían entre ellos— y volvía a marcharse a toda prisa.

—No puedo soportar ese espectáculo —gemía Marie-Laure, que ni siquiera intentaba retener una falsa lágrima, puesto que en el coche nadie vertía ni una sola.

Sí, hubo una excepción cuando la madre de Marie-Laure, la muy encantadora Fanny Crawley, viuda reciente, que sí lloraba a su marido, fue a ver a su yerno, al que en realidad nunca había apreciado. El lado inmaduro y vivalavirgen de Ludovic había exasperado a muchas, muchísimas mujeres un poco sensibles, aunque también había agradado a muchas, muchísimas mujeres con verdadero empuje. Así que volvió a ver al joven al que llamaba «playboy», derrumbado en un sillón, atado a él de pies y manos, mucho más delgado y también muy rejuvenecido, con un aspecto tan inerme como vulnerable, absolutamente incapaz de rechazar los innumerables psicotrópicos que le metían en las venas de la mañana a la noche... Y Fanny Crawley lloró. Lloró hasta el punto de intrigar a Henri Cresson e inducirlo a solicitarle un encuentro serio y sin testigos.

Por fortuna, Henri Cresson había hablado por casualidad con el director de aquella clínica, la más cara de Francia quizá y la más inútil con toda seguridad. El médico jefe le había comunicado con un tono tajante que su hijo no se recuperaría jamás de los jamases. Pero la certeza ajena solía provocar la duda y la furia de Henri Cresson, un genio en los negocios y un incompetente en el terreno de los sentimientos (que no tenía, o más bien solo había tenido en relación con su primera esposa, la madre de Ludovic, fallecida en el parto). Así que vio con estupor a aquella hermosa y elegante mujer, a la que por otra parte sabía inconsolable tras la muerte de su marido, llorar por un yerno al que no apreciaba; y señalarle con convicción que ya iba siendo hora de poner fin a aquel suplicio. El señor Cresson volvió a ver al médico y lo trató de tal modo que este no pudo resignarse, ni cobrando lo que cobraba, a conservar un paciente cuya familia era tan despectiva con él.

Un mes después, Ludovic llegaba a La Cressonnade, donde se comportaba de forma absolutamente normal, tras haber arrojado sus botellitas de medicamentos a la papelera, una tras otra. Se mostraba manso, un poco ausente, un poco inquieto, y corría mucho. De hecho, se pasaba el día corriendo por el enorme parque, corriendo como un niño al que han devuelto el uso de las piernas, e incluso intentando recuperar una ligera apariencia de adulto. Nadie se planteaba —en realidad, nadie se lo había planteado nunca muy en serio— hacerle trabajar en la fábrica paterna: la fortuna del señor Cresson bastaría, incluso si no encontraba un trabajo lo bastante vago para justificar una vida a lo ancho y largo de Europa (que era la que, a decir verdad, quería llevar su mujer, con o sin él).

Su regreso fue una catástrofe para Marie-Laure. Había sido una viuda admirable, pero verse «mujer de un idiota», como decía sin reparo ante sus íntimos (los que compartían con ella una vida social muy abierta), era otra cosa. Así que Marie-Laure empezó a odiar a aquel chico, al que hasta entonces había aguantado e incluso querido vagamente.

Y eso que los arrebatos, el amor, la pasión de Ludovic por ella la habían exasperado muy pronto. Porque Ludovic amaba apasionadamente a las mujeres y románticamente el amor, quizá el único arte que practicaba con habilidad y aplicación. Ardiente y afectuoso, era encantador. Y todas las putas de París que lo conocían de antes (muy numerosas) seguían teniéndole mucho cariño.

*

Así pues, Ludovic se recuperaba muy bien, bajo la exclusiva vigilancia del médico del pueblo, feudo de Henri Cresson. Dicho doctor, modesto después de todo, había proclamado desde el momento del accidente que su paciente estaba roto, cansado, destrozado, pero que de loco, nada. Y, en efecto, nadie podía ver en él el menor signo de excitación nerviosa ni irregularidad funcional o psicológica. Simplemente, no mostraba ningún signo de vulnerabilidad o interés por el futuro: esperaba algo que le daba miedo. Pero ¿qué? ¿Quién? En realidad, nadie se lo preguntaba en serio, porque en aquella casa a nadie le importaba nadie, aparte de a sí mismo.

*

Al llegar a la ridícula escalinata, en cuya barandilla había posado una mano cansada, Marie-Laure se vio obligada a dar un salto para refugiarse en el peldaño más alto, porque un bólido conducido con mano poco segura acababa de frenar justo a sus pies levantando un montón de gravilla, lo que la habría sobresaltado o hecho gritar si hubiera visto al volante a cualquier conductor que no fuera su suegro. Hacía algún tiempo, Henri Cresson había decidido que su chófer se estaba haciendo viejo y había llegado el momento de retomar la conducción, una catástrofe para los vecinos y motivo de pánico para los animales y sus conocidos cuando se lo cruzaban en la carretera.

—Dios mío, padre —dijo no obstante Marie-Laure con voz fría—. Pero ¿dónde está su chófer?

—Apendicitis... Reposo —respondió alegremente Henri Cresson apeándose del vehículo—. Apendicitis...

—Pero es la cuarta que tiene este año...

—Sí, pero él está encantado. Todos sus seguros sociales, etcétera, más el sueldo. Ahí tienes a un hombre que no pega golpe y guarda cama cuando hace falta, porque tiene miedo de los gendarmes, los seguros y no sé qué más.

—Quien debería tener miedo es usted.

—¿Miedo? ¿De qué? Pasa, querida nuera, pasa, por favor.

Marie-Laure odiaba que la llamara «querida nuera», pero él no se privaba de hacerlo, pese a los reproches de su mujer, la imponente Sandra, que había conseguido plantarse en lo alto de la escalinata para recibir amablemente a su marido, aunque por regla general guardaba cama.

Sandra Cresson, de soltera Lebaille, tenía una preocupación fundamental: la del deber. Vecina desde siempre, por sus hectáreas y su fortuna, de Henri Cresson, se había casado con aquel viudo, según decían triste, por puro temor a la soltería. Creyendo que se unía a un empresario de genio un poco vivo, había dado el sí a un toro bravo que, por desgracia para ella, no sentía el menor interés por la vida social. Sandra esperaba recibir en las enormes salas de La Cressonnade, pero en realidad había tenido que conformarse con evitar las idas y venidas relámpago de su marido por el horroroso salón. Y eso cuando, antes que ella, otras mujeres habían tenido tiempo de ejercer su hegemonía sobre la casa.

Los dos hermanos de Henri Cresson habían muerto en la guerra del 39 («Lo que los convierte en unos gilipollas —decía alegremente Henri—. En la del 14 hubo héroes, pero ¿en la del 39?»). Después, sus viudas se fueron rápidamente, aterrorizadas por su cuñado, que por lo demás las cubría de dinero para que lo dejaran en paz. Pero antes les había dado tiempo a decorar las salas de recepción y algunas habitaciones, lo que hacía que la casa, estrambótica de por sí, fuera una catástrofe inimaginable: entre las chimeneas marroquíes de la una, el gusto por lo español de la otra y los signos de exclamación de mármol añadidos por Sandra (que sentía pasión por el arte griego), nadie se habría atrevido a fotografiar aquel salón.

En efecto, Sandra había descubierto en el pueblo de La Cressonnade al escultor responsable hasta entonces de las estatuas vagamente funerarias del cementerio, lo había sumergido de golpe en la remota vida artística de Grecia y Roma y le había encargado que copiara, en distinto tamaño y siguiendo sus indicaciones, la Venus de Milo y la Victoria de Samotracia, obras que Sandra había plantado en el gigantesco salón a modo de desafíos o reclamaciones. Más próxima ella misma a la escultura que al ser humano, mofletuda, maciza e imperturbable en cualquier circunstancia, Sandra Cresson habría podido permanecer junto a esas estatuas de la mañana a la noche, porque lo único que la distinguía de ellas era la ropa.

—¡Anda, y ahora aparece mi mujer! ¡Ya estamos todos! —exclamó Henri arrancándose del cuello un fular infame.

—No sé qué tiene eso de sorprendente... —dijo Marie-Laure.

—Lo sorprendente no es que estéis aquí ni la una ni la otra —respondió Henri con voz firme—, sino que siga vivo entre dos mujeres tan... tan..., ¿cómo diría?, tan enérgicas, esa es la palabra, enérgicas...

—¿Y usted no lo es?

La voz de Marie-Laure, de tanto querer ser sarcástica, se había vuelto chillona. Dejando indignadas a las dos mujeres, Henri se dirigió con paso vivo hacia el horrible salón, sorteando de milagro una bolsa de viaje abandonada en mitad del camino, a la que aprovechó para darle una patada.

—¿Qué es esto?

—¡Mi hermano, cariño, figúrate! Mi hermano Philippe, que ha venido a pasar unos días con nosotros.

—Vaya, así que el bueno de Philippe está aquí...

La abundancia de defectos de Henri Cresson era más bien ausencia de cualidades: no es que fuera malo, es que nunca intentaba ser amable; no es que fuera avaro, es que nunca se le ocurría ser generoso. Y mostraba una indiferencia absoluta hacia la opinión de los demás. De hecho, era bastante hospitalario por naturaleza, y la presencia en la casa de un hombre, un hombre de verdad, porque ahora su hijo le parecía más bien un ángel o un fantasma, lo aliviaba vagamente.

—El bueno de Philippe... ¿Cuánto hacía que no lo veíamos? ¡Ah, sí, tres semanas! Espero que esté bien y no tenga ninguna pena «amorosa»...

Puso «amorosa» entre comillas, soltó una carcajada rotunda y entró en el salón, dejando exasperadas a las dos mujeres.

*

Henri Cresson se había casado con Sandra muy deprisa después de la muerte de su primera mujer, a la que se sabía que amaba, pero de la que nunca había hablado y de cuya pérdida nunca había intentado consolarse. Había «cumplido» con Sandra, en el sentido conyugal del término, durante quince días, tras los cuales la había dejado un poco olvidada, y ahora volvía a cumplir de forma episódica. Sandra —de salud frágil— agradecía esa parquedad.

Por supuesto, en aquel rincón de Turena no habían faltado mujeres para señalar a Sandra, desde el principio, los extravíos de su marido. Pero curiosamente, pese a su número y su extraordinaria agitación, Henri Cresson nunca había impuesto a su mujer el conocimiento o la publicidad de sus desahogos. «Subía a París», como se decía entonces, y volvía a bajar como nuevo y sin un comentario. Era, pensaba Henri, lo menos que le debía a una mujer con la que de ninguna manera podía cumplir como Dios manda.

También era su única relación con su hijo. Cuando Ludovic había «subido a París», como solía decirse, pero en su caso para estudiar una carrera de Empresariales sin esperanza, por conveniente que fuera, su absoluta ignorancia sobre las mujeres, a los dieciocho años, se explicaba principalmente por su aislamiento y por el colegio en el que lo habían internado con otros pobres chicos del campo. Pero esa absoluta ignorancia acerca del tema preocupaba un poco a su padre. Sobre todo, porque a los dos meses el señor Cresson había recibido facturas de floristería dirigidas a diestro y siniestro, lo que lo había aterrado. Ludovic era lo bastante idiota para enamoriscarse de una chica de París, hacerle un hijo y a saber qué más. Así que el padre había ido a su vez a la capital y descubierto con estupor que aquellas flores, aquellos ramos, todos aquellos esfuerzos tenían como beneficiarias a las diversas prostitutas que concedían sus favores a Ludovic. Aliviado pero inquieto, ahora respecto a la capacidad intelectual de su único hijo, Henri le explicó que eso no se hacía. Luego, durante la comida, se preguntó por qué no se hacía: después de todo, por qué no podía enviarles flores a unas mujeres que se le habían entregado, en lugar de mandárselas a jovencitas de buena familia que se le negarían.

—Mira, haz lo que quieras —acabó diciéndole.

Su retoño, encantado, persistió en sus buenos modales. Fue más tarde, al conocer a Marie-Laure, cuando se sintió desgraciado: desgraciado y enamorado, más preocupado por la vida de otra persona que por la suya, pero menos desgraciado que si hubiera compartido la vida de su amor.

Ese amor no era tan bien considerado por Marie-Laure, salvo en la medida en que le convenía. Y sin embargo, sus padres, Quentin y Fanny Crawley, siempre se habían querido y le habían dado el ejemplo de una intimidad, una pasión y una ternura irreprochables. Pero Marie-Laure parecía haberlos despreciado por eso. Y ellos, por su parte, parecían haberla rehuido instintivamente, casi como si le tuvieran miedo.

La muerte en un accidente aéreo de Quentin había sumido en la desesperación a su mujer. Fanny desapareció de la vista de todo el mundo, su cara desapareció de su cuerpo, su alegría desapareció de su voz, su vida desapareció para ella misma. Como la falta de dinero la obligaba a trabajar, gracias a unos amigos, consiguió que la contrataran en una firma de alta costura, en la que poco a poco su encanto natural, su amabilidad y su interés por los demás le aseguraron una situación económica suficiente para alimentar a su hija y a sí misma. Pero eso no era bastante para Marie-Laure, y de pronto Ludovic se volvió interesante.

Si Ludovic no relacionó ambas cosas —la muerte del padre y el súbito interés por su persona— fue porque no quiso. A pesar de que Fanny desvió la mirada cuando le pidió la mano de su hija y de que sus amigos cambiaron de tema, tras felicitarlo como se felicita a alguien que se marcha lejos, por ejemplo a África, a hacer el servicio militar. Alguien que acabará por abrir los ojos y cambiar de decisión. Ludovic notó todo eso, pero no pensó en ello, porque estaba perdidamente enamorado. Y en ese momento, Marie-Laure fue lo bastante inteligente, o sensata, para retenerlo, para prestarle atención y evitar que otra chica, otra mujer, le echara el guante al tierno, vulnerable, rico y ocioso Ludovic Cresson. Falto de cariño desde su nacimiento, falto de mujeres durante toda su juventud, era un hombre en verdad fácil de pescar. Soñaba con el amor como un ridículo Tristán del siglo anterior.

Pero esa candidez, que le aseguraba el éxito con muchos de sus amigos, le valió el desprecio total y definitivo de Marie-Laure. La vida era un combate. Uno de los dos tenía que coger las riendas, y lo haría ella, ella y solo ella. El amor físico le repugnaba, la aburría y le daba miedo, pese a que el excelente amante que era Ludovic le ponía ardor, paciencia y dulzura, pues soñaba con formar con Marie-Laure una pareja parecida a la de sus padres, una pareja en la que el uno apoyara al otro, una pareja partida por la mitad como la manzana de Platón, pero no por ello menos unida.

2

Unos pasos rítmicos hicieron resonar la escalera: un peldaño, tac, dos peldaños, tac, tac, el rellano, tac, tac, tac, tac... Parecía que bajara la juventud misma, y se oía un silboteo (de buen augurio, puesto que era una canción de Fred Astaire). Dos pisos después, a la juventud le habían caído encima treinta años. Era Philippe Lebaille, el encantador hermano de Sandra, que, tras una larga carrera de conquistador y parásito, visitaba cada vez más a menudo la casa de su cuñado Henri; un Philippe que había odiado el campo toda su vida, pero no había vuelto a proclamarlo en cinco años.

Era un hombre atractivo, o al menos un hombre que había sido atractivo y —orgulloso o nostálgico, según el día— nunca lo olvidaba. Alto, delgado, frívolo y viril, había tenido la suerte de que el bigote a lo Errol Flynn se apolillara por sí solo, evitándole así un plagio desfasado, pero dejándole el tic de acariciárselo con indolencia, incluso después de desaparecido. A los veintidós años, guapo, pues, bien educado y vanidoso, Philippe Lebaille parecía tener el éxito asegurado en los diferentes mundos abiertos al tipo de hombre al que pertenecía por las mujeres seducidas y bobas de la jet set. Se había gastado la herencia, pero sin compartirla jamás; había sabido conquistar a las mujeres, sin amarlas nunca; y, durante años, lo habían invitado a todas partes, pero él solo había visto palmeras, palacios y pistas de esquí. Desde hacía más de cinco, recorría en sentido inverso las etapas de su periplo sentimental, regresando a cada una de ellas como un regalo, creía él, y volviendo a abandonarlas más o menos deprisa, como quien huye de un mal recuerdo. Sea como fuere, allí estaba, sonriente y patético, posando para un fotógrafo invisible, como en la imagen que lo seguía de casa en casa y de espejo en espejo, en la que aparecía en Hollywood, orgullosamente erguido entre John Wayne y Marlene Dietrich. Esa fotografía era tal vez su bien más preciado, junto con unos cuantos relojes de oro y una colección de fulares indios tan encantadores como raídos.

—¡En familia! ¡Por fin en familia! —exclamó acercándose a Sandra y Ludovic. Luego, dirigió una mirada amable, y cauta, a este último. La locura de su sobrinastro no le molestaba, pero le parecía indiscutible, puesto que la certificaba su hermana, la señora de la casa—. Pero ¡qué aspecto tan estupendo tienes, Ludovic! —exclamó, de hecho, entre complacido y sorprendido.

Ludovic esbozó una sonrisa cansada.

—Gracias —se limitó a decir.

—¡Qué alegría verte!

Sandra se volvió hacia su hermano y, en un susurro, exclamó a su vez:

—¡Qué guapo eres! —Como la guapura de Philippe, aunque un poco menos evidente en cada visita, era su único capital, su hermana no podía dejar de mencionarla—. ¡Ah, ya estás aquí! —añadió al ver a Marie-Laure, que bajaba a su vez la escalera con paso rápido llevando el mismo vestido que a mediodía, adornado para la tarde con un broche, que Ludovic no recordaba haber pagado, aunque tampoco parecía demasiado interesado por el asunto.

Philippe le echó una ojeada a la joya de su sobrinastra política y otra a Ludovic y, al no encontrar más que a dos sujetos indiferentes, se limitó a sonreír.

La llegada de Henri Cresson revolucionó a todo el mundo.

—Mi querida Sandra, ¿te importaría que cenáramos un poco antes? Porque, primero, estoy cansado y tengo hambre, y, segundo, es absolutamente necesario que vea un debate en la televisión entre un fulano del sindicato y otro de la patronal, ¡puede arder Troya! —dijo con el tono sarcástico que solía emplear cuando hablaba de política.

—¡Naturalmente, por Dios, naturalmente! Está todo listo. Sentémonos ya, Martha acudirá enseguida.

*

Al señor de la casa nunca le había molestado el caos de su salón, pero no era un hombre dispuesto a sortear obstáculos para llegar a donde quería. Así que había exigido que le hicieran una especie de pasillo para él solo, una pequeña pista que llevaba a su despacho, en el otro extremo del salón, de la que se había apartado hasta el último mueble o individuo. Si no se hacía, cualquier objeto un poco molesto volaba por los aires proyectado por una enérgica patada, y un puf marroquí podía acabar encima de un arcón gótico.

Al final del trayecto estaban el comedor y el saloncito con su televisor privado, es decir, que en una especie de tarima había una mesa cubierta con un mantel, cinco juegos de cubiertos y cinco sillones de cuero, uno de los cuales podía hacerse girar hasta quedar de espaldas a la chimenea para ver un televisor manifiestamente personal situado a dos metros y arrimado a una puerta ventana. Como es lógico, en la posición contraria Henri Cresson estaba frente a su familia para la cena, acabada la cual se retiraba el mantel y se volvían a poner el fax y los diferentes objetos indispensables para el hombre de negocios, aunque fuera de provincias.

Henri echó a andar con decisión, recorrió a paso ligero los ocho metros que lo separaban de su pequeño «salón-despacho», arrojó la servilleta al sillón *ad hoc* y se sentó en el suyo. Era el comedor que él mismo había querido e ideado. Henri Cresson tenía a los dos hombres enfrente y a las dos mujeres a los lados. Y en cuanto acabara la cena, podría girar el sillón y ver su televisión privada tranquilo, que era lo que con toda claridad deseaba. Por supuesto, el programa que elegía nunca era el que les habría apetecido ver a los otros. Necesitaba una soledad mental que le permitiera descansar de las estupideces de los demás, inevitables a lo largo de la cena. Cena durante la que a veces el patriarca Cresson se decía, con calma y filosofía, que tenía un hijo con toda probabilidad chiflado, una nuera superficial y tonta, una mujer fea e idiota y a un cretino parásito por cuñado. Un panorama que asumía serena, con esporádicos ataques de ira, tan irreprimibles como imprevisibles.

Todo el mundo tomó asiento a toda prisa, lo que no impidió que lo hicieran con cierta elegancia, en especial Marie-Laure, que lucía el nuevo broche, en el que su suegro ni siquiera se fijó. Apenas sentada, Sandra empezó su número de esposa estadounidense de película mala.

—¡Dios mío, querido, claro que tienes que estar agotado! ¿Se imaginan lo que debe de ser para un hombre pasarse el día rodeado de adversarios temibles en los negocios y, luego, verse de pronto en casa con una familia como la nuestra? ¡Qué contraste tan tremendo! ¡Como para no estar agotado!

Dirigió una sonrisa afectuosa a su marido, que, sin levantar los ojos del plato, la inevitable sopa que al fin había llegado, se limitó a refunfuñar:

—No estoy todo el día rodeado de feroces adversarios, querida, sino de idiotas perezosos. Y eso no tiene nada que ver. Aunque, en efecto, tener una casa en la que refugiarse después de tantos números es muy agradable.

De pronto se oyó la voz chillona de Marie-Laure, cuya cara parecía más bien una caricatura.

—Es lo que llaman el reposo del guerrero, mujer —dijo con un tono de reproche pícaro que obligó a Philippe a bajar la cabeza para disimular su sonrisa, sonrojó a la complacida Sandra, que se alegró de haber abandonado su habitación para estar con los demás, y, como de costumbre, dejó indiferente a Ludovic.

Su mujer, un poco pálida, soportó sin pestañear la mirada de su suegro, repentinamente fría.

—¿Sabéis a quién vi un día por la calle? —exclamó de pronto Sandra, que se olía la tormenta en el ambiente sin comprender el motivo—. ¡A la reina de Francia!

Hubo un silencio y, luego, con tono angustiado, porque realmente la estupidez de Sandra habría sido demasiado para él, Henri le pidió que lo repitiera.

—Un día vi a la reina de Francia en una calle de Tours. Como sabéis, la señora de Boyau era una Valois. En un momento dado, llegaron los Borbones, cogieron todos los títulos y luego los repartieron de cualquier manera. Pero la señora de Boyau descendía en línea directa del conde... Ya no me acuerdo del nombre, pero había llegado a la realeza bastante deprisa, como era previsible. En consecuencia, la auténtica heredera y esposa de Francia, si no hubiera pasado lo de los Borbones...

Un poco violácea, Sandra se agitaba, sin encontrar, al parecer, el sentido de sus palabras.

—Debió de haber otros obstáculos, aparte de las malas artes de los Borbones, ¿no? —exclamó Philippe con una risita—. Ya sé que sabes hacer la reverencia a la reina, practicabas cuando eras adolescente, pero seguro que hubo otras cosas.

—¡Y aún tuvo suerte! —exclamó Henri masticando pan, de puro harto de aquella familia—. Claro que hubo otras cosas. Imaginaos a esa mujercilla, señora de..., ¿cómo has dicho que se llama? ¿Cómo has dicho que se llama, Sandra? ¡Esa mujercilla, que es tan fea que se le nota hasta de espaldas! ¿Querríais vosotros obligar a todos los franceses que tienen televisor a verla?

—Bueno, bueno... —dijo Sandra encogiéndose de hombros—, la suerte es la suerte. ¿Por qué no ella, en vez de la actual condesa de París? Habría sido divertido que la reina de Francia fuera una de nuestras conocidas.

—Hubo un obstáculo: la Revolución francesa —intervino Ludovic, que, ante las miradas sorprendidas de los otros cuatro comensales, alzó la mano como para defenderse y puntualizó—: Lo decía por decir, de pasada...

Se produjo un silencio embarazoso, seguido por intentos generales, pero finalmente abandonados, de reavivar la conversación.

—¿Y tú? ¿Has paseado? —le preguntó Henri Cresson a su hijo, que se sobresaltó.

—Sí, papá, incluso he llegado hasta los estanques. Los antiguos estanques de Carouve, ¿recuerdas? Ha sido estupendo.

—No lo vemos en todo el día, así de sencillo —comentó Sandra encogiéndose de hombros; y, levantando la voz, añadió—: No tiene ni seso, ni cerebro ni memoria.

—Es mejor que ir a emborracharse a Tours con unos gilipollas —replicó Henri Cresson, que dirigió una sonrisita a su hijo, el cual por desgracia no la vio y volvió a caer en su habitual distracción, hasta el momento en que oyó su nombre—. Supongo que tú te habrás quedado en la cama todo el día, llamando por teléfono o haciendo de mujer de tu casa —le soltó Henri a su mujer—. Aquí el único que hace algo es Ludovic, con sus paseos.

—Pero me temo que no ha visto ni la milésima parte de tus hectáreas —dijo Philippe—. No sé qué hace, a no ser que haya una pastora esperándolo en algún sitio...

—Ya no quedan pastoras —rezongó Henri con malignidad—. Si quedaran, no sería el único en pasearse. ¿Y tú, Marie-Laure? ¿Por qué no vas a pasear con él? Nunca lo acompañas.

—No me gusta pasear, lo confieso.

—No lo has acompañado ni una sola vez desde que volvió..., ¿cuánto hace? ¿Un mes? —quiso saber Henri.

—Ayer hizo mes y medio —admitió abiertamente Marie-Laure—. Dejé París el 7 de julio y luego me vine aquí desde los Alpes Marítimos. Así que hace exactamente cuarenta y siete días.

Su áspera voz daba una idea más que pesada y menos que agradable de esos cuarenta y siete días. Un silencio incómodo se extendió por la mesa. Lo rompió Sandra, como la buena anfitriona que era, una vez más.

—¡Ahora que caigo, tenemos que mandar las invitaciones! —exclamó—. ¡Sí, por el regreso del hijo pródigo! Recordad que decidimos que sería a finales de septiembre, incluso elegimos la fecha, que he olvidado. ¡Qué cabeza tengo, Dios mío! —añadió olvidando por un momento la dignidad con que la portaba y sacudiéndola.

✳

La nueva señora Cresson siempre se había fiado de su cabeza para defender sus prerrogativas y su coquetería. «Lo importante en una mujer —solía decir (cada vez con mayor frecuencia, porque no le quedaba ninguna otra cosa remarcable, aparte de veinte kilos de más)— es mantener la cabeza alta, tener dignidad, esa cosa inmutable que hace inclinarse a todo el mundo. Es un arma y una defensa a la vez, creedme.»

Un día, Henri le había respondido, exasperado, que lo importante no era la postura de la cabeza, sino su contenido.

—¿Por qué obstinarse en mantener alta una cáscara vacía? —llegó a precisar.

—Tú dirás lo que quieras, Henri —replicó Sandra—, pero, en la mujer, el cuello, los hombros y la nuca lo dicen todo sobre su educación y su dignidad.

A lo que él, encogiendo sus hombros de toro, respondió:

—Cada cual presume de lo que puede.

—Mañana ponemos manos a la obra, ¿verdad, Marie-Laure? Hay que escribir trescientas invitaciones, no sé si os dais cuenta...

—¡No os olvidéis de las pastoras! —bromeó Philippe—. ¡También hay que invitarlas!

Se mostraba alegre e intentaba hacerles reír, pero el ambiente no era muy propicio.

—¿Crees que las invitaría, si tuviera alguna? —preguntó Marie-Laure, sarcástica—. Mientras no las empuje a los estanques, vamos bien... —añadió.

Y adoptó una expresión de infinita paciencia.

Desde el accidente, en casa de los Cresson se había implantado la costumbre de no llamar a Ludovic por su nombre, puesto que el verdadero Ludovic había muerto en la mente de todos. Así que lo llamaban «él» y decían lo que fuera en su presencia, como si no estuviera. De todas formas, los ojos de Ludovic siempre habían tenido la costumbre de vagar por el campo a través de las ventanas.

Henri Cresson miró a su nuera.

—Mi querida Marie-Laure —dijo de pronto con voz cansada—, tú que tienes sentido de la exactitud, ¿puedes decirme qué hora es?

—Son casi las ocho y veinte —respondió ella sin levantar los ojos hacia su suegro.

—Te lo agradezco en el alma —dijo Henri Cresson—. Disculpadme, pero realmente tengo que seguir el debate, no quiero perdérmelo por nada del mundo. Gracias, y hasta luego.

*

Se volvió con calma de espaldas a los demás, que se quedaron delante del postre cucharilla en mano, cogió el mando y encendió el televisor. Tras un barullo de noticias y el tiempo, anunciaron el programa que quería ver.

Como los demás disponían de otro aparato, situado a medio camino entre el salón marroquí y el finlandés, se instalaron ante él en el sofá chino. No tenían mucho para elegir, igual que el resto de los franceses, por lo demás, aunque daban un episodio de una apasionante telenovela estadounidense, al alcance de todos los corazones, el último de una serie de diez, sobre la que ahora se sabía todo. A decir verdad, a Philippe le interesaban tanto como a las dos mujeres las aventuras sentimentales de aquellos brillantes hombres de negocios atrapados entre sus mujeres, arpías ambiciosas, y sus degenerados hijos. En cuanto a Ludovic, ya había visto un episodio, durante el que se había dormido casi enseguida, para decepción de todos. No obstante, se sentó en el sofá y miró la cajita negra con fingido interés. Después de diez minutos de anuncios y los títulos de créditos, acompañados de música trágica, todos se enfrascaron en la historia.

Por su parte, Henri Cresson había encontrado a los adversarios sindicalistas de la patronal y los escuchaba bostezando ya un poco. El culebrón estadounidense terminó bien, gracias a Dios, porque hasta ahora toda Francia había llorado viéndolo. Escenas conmovedoras habían humedecido los ojos de las dos mujeres, pero Philippe se había contenido ante su cuñado, que se habría burlado de él durante quince días. Adoptando una actitud indiferente, le guiñó el ojo a Ludovic, que, por su parte, había visto tranquilo y con ingenuidad el episodio, aunque solo la música triunfal del final parecía haberlo devuelto a la vida.

Por lo que respecta a Henri, los dos líderes se despedían, dejando de intentar ser sutiles, porque las elecciones se acercaban y los políticos no tenían tiempo para pasar del por qué al cómo. El final del parloteo de los dos acólitos le hizo dar un respingo; luego se volvió hacia los seres humanos con los que trataba a su pesar desde hacía ya mucho tiempo.

—No han parado de decir gilipolleces. ¡Qué par de imbéciles! ¡Ah, pobre Francia! —exclamó con no poca satisfacción, porque el día anterior había hecho una jugada maestra en la Bolsa, de la que solo había podido presumir ante su secretario, literalmente un rastrero. Ni siquiera tenía que anunciarlo ante su familia, así que se levantó rápidamente—. ¡En cualquier caso —añadió con la mayor mala fe, porque sus propios ronquidos habían atravesado los cuatro salones—, no se puede decir que su rifirrafe os haya estropeado vuestro melodrama yanqui! —Y concluyó—: En fin, buenas noches a todos.

Y con la misma rapidez, se subió los tirantes, que se había bajado, le dio un puntapié a una estatua jemer que le estorbaba el paso y que solo realizó un breve vuelo hasta un cojín marroquí, y desapareció para dar una vuelta por el parque, al parecer.

Es verdad que, fuera, la noche de otoño era agradable. Ludovic quizá se habría unido a él si los demás telespectadores no hubieran querido exponer sus reacciones afectivas, su pena o su apasionamiento por los tres héroes de la serie.

Tras intercambiar comentarios variados, sensibles y sutiles sobre la maravillosa telenovela (solo los estadounidenses sabían combinar ese tipo de *settlements* con su bien conocida técnica), tras subrayar la amplitud de miras, el corazón y la inteligencia de los personajes, Sandra intentó repetir la última frase pronunciada: «*Yes, my dear* señora Scott, usted lo amaba, pero no hasta el punto de morir, porque a veces el amor puede herir hasta la muerte y acabar». Esas palabras, dichas por la nodriza negra de la heroína, fueron repetidas empleando el acento de los «buenos esclavos» de aspecto saludable que solían verse en esas películas de época, acento que no se esperaba de la propietaria de La Cressonnade. Su campechana y meridional entonación le provocó a su hermano Philippe un incontenible ataque de risa, que le hizo huir a su habitación. Las dos mujeres siguieron discutiendo cómo se habrían comportado ellas («Sí, sí, confesémoslo») en determinadas escenas. Viendo emerger de un sofá —quizá mejicano, o tal vez beduino, no estaba muy claro— los pies de su hijastro, Sandra le hizo una pregunta, con una pizca de compasión:

—Y a ti, Ludovic, ¿te ha gustado?

—No lo he visto entero —admitió Ludovic—, pero los diálogos que he oído al principio me han parecido un poco... pesados.

—No se podía esperar otra cosa —dijo Marie-Laure a la decepcionada concurrencia—. Ludovic no ha visto ni cinco películas en su vida, ni leído más de diez libros, seguramente. Ni contemplado más de un cuadro.

Ludovic, indiferente al tono desdeñoso de las dos mujeres, señaló sonriendo con tranquilidad que siempre le había gustado y había leído poesía, y, ante sus caras de duda, de pronto declamó:

Tus ojos, que no muestran
Nada dulce ni amargo,
Son dos joyas heladas
*De oro y hierro mezclados.**

---

* Charles Baudelaire, *Obra poética completa*, traducción de Enrique López Castellón, Tres Cantos, Akal, 2003. *(N. del T.)*

—Hasta en poesía se ve un poco que sientes rencor hacia las mujeres —comentó Marie-Laure—. ¡Pobre Verlaine!

—Es Baudelaire, creo —la corrigió Ludovic con suavidad, lo que acabó de irritar a Marie-Laure, más incómoda que victoriosa.

—Mañana lo miras en lo enciclopedia —replicó riendo.

Luego, cogió del brazo a su suegra (incapaz de terciar entre aquellos dos poetas), que, cansada y sentimental, se agarró a ella para subir los peldaños. Cogidas de ese modo, treparon por la escalera tiesas como cabras, Marie-Laure, con la barbilla alzada por la cólera, que siempre multiplicaba su vigor físico.

*

En el salón, el mayordomo ya había apagado cuidadosamente las lámparas, además del televisor. Solo quedaba la horrible luz de la barandilla que rodeaba la terraza. En medio de todas aquellas épocas tan variadas, pero unidas por su genuina fealdad, esa nota eléctrica resultaba casi tranquilizadora. Henri Cresson había aplicado normas burguesas a la casa y no había tocado un interruptor desde hacía mucho tiempo. De vez en cuando, hacía sustituir las bombillas de cuarenta vatios utilizadas por Sandra por otras de doscientos, porque la mortecina iluminación de su mujer lo deprimía. Incluso había prohibido que se pusieran menos de ochenta vatios en ningún sitio.

Sandra sabía tan bien como Henri que dejar lámparas encendidas, televisores siseando y otras locuras por el estilo podía acabar saliendo muy caro, pero aun así no podía subir una escalera a oscuras, porque después de todo una clínica costaba más que una bombilla. Así que le gritó a Ludovic, que se había quedado solo en el salón:

—¡Sobre todo, apaga bien las luces!

Última frase de afecto y cariño de una amorosa madrastra.

*

La habitación de Ludovic y Marie-Laure era la del matrimonio joven o, en su caso, la del matrimonio accidentado. Era un gran dormitorio, en el otro lado de la casa, que daba a las colinas y comunicaba mediante una escalerita con el piso de abajo, en el que había una especie de despacho con sofá cama, donde la joven pareja podía descansar o leer un rato entre retozo y retozo.

Por supuesto, se suponía que Ludovic, el resucitado milagroso, el exchiflado de la familia, pasaba sus noches de amor con su mujer, pero de momento el sofá, la planta y el puñado de libros que amueblaban la habitación de descanso del piso de abajo le eran mucho más útiles.

La gran puerta ventana del despacho, que daba a la terraza, estaba abierta. Ludovic entró por ella, se desnudó rápidamente y se puso un pijama bastante curioso, que habría sido más apropiado para un crío, pero al que al parecer se había acostumbrado. Tras encender las lamparitas de las dos mesillas de noche, empezó a subir la escalera que unía las dos habitaciones.

—¿Marie-Laure? ¿Marie-Laure? —llamó con voz suave.

Su mujer abrió la puerta violentamente.

—¿Qué quieres? —Su voz resonó en la escalera, cruzó la puerta ventana, que seguía abierta, y escapó fuera, y la vaga sombra del escándalo le hizo bajar el tono de inmediato. Continuó con una voz sibilante, retenida entre los dientes y doblemente agresiva—: ¿Qué quieres? ¡¿Qué quieres ahora?!

—Quería estar contigo —respondió Ludovic lentamente, con un tono de exquisita cortesía—. Quería estar a tu lado.

—¡Jamás! ¡Ya te lo he dicho, jamás!

Y se calló.

Marie-Laure había bajado un peldaño y ahora inclinaba hacia él un rostro desencajado por la rabia y el rencor, un rostro sin edad. Vestida con un largo kimono de noche, por cuyas grandes mangas asomaban unas manos delgadas con las uñas pintadas, que, como para no estrangularlo, se agarraban desesperadamente a las barandillas de ambos lados de la escalera, de repente recordaba, de un modo fascinante pero amenazador, a ciertos grandes murciélagos que se ven en los zoos y que asustan a los niños.

Ludovic echó atrás el torso e, instintivamente también, se agarró al pasamanos de madera. En esa posición, parecían no dos amantes que realizaran un juego amoroso, sino dos enemigos mortales que se desean lo peor.

Al menos, esa era la impresión que le produjeron a Henri Cresson, que, oculto por el plátano en el que estaba apoyado, veía ahora de frente la cara de su nuera y la de su hijo, descompuesta. Estaban a diez metros, y Henri miraba y oía todo lo que salía por la puerta ventana iluminada: imágenes y palabras que dejaban impávido su rostro.

—Estoy curado —respondió Ludovic despacio—. Estoy curado y te quiero.

—Mira, no quería decírtelo con tanta brusquedad, pero tu insistencia todas las noches me obliga a hacerlo: ¡no estás curado y nunca lo estarás! Yo te he visto cada vez que íbamos a visitarte, te he visto con camisas de fuerza, arrastrándote, mordiendo, babeando, riéndote como un imbécil con tus compañeros de locura, ¡¿cómo quieres que olvide eso?! ¡Era horrible! ¿De verdad crees que puedo dormir con una fiera salvaje y cruel en mi cama? Nunca podré estrecharte en mis brazos, vamos, reflexiona... Ninguna mujer podría. Esa mirada vacía, esos brazos colgantes... ¡Es repugnante! ¿Lo entiendes? ¿Lo entiendes o no?

Henri Cresson, que desde su escondite solo veía el rostro crispado de su nuera y la espalda encorvada de Ludovic, había adoptado una expresión curiosa: su cara parecía una furiosa máscara de madera, como las de los ídolos de ciertas islas remotas.

—Nunca he sido cruel —dijo Ludovic—. Solo estaba dormido.

—¿Y cómo lo sabes? Vamos a divorciarnos, Ludovic. ¡Cuanto antes, por favor, después de la fiesta! Adiós.

Marie-Laure dio media vuelta, subió de nuevo su pequeño tramo de escalera, tropezó en el último peldaño y entró en el dormitorio con la cabeza por delante, lo que quitó parte de su dramatismo a la escena.

Ludovic se volvió lentamente, bajó y fue a tumbarse al sofá cama. Tenía la misma cara que su padre, indiferente y lejana, totalmente inexpresiva, pero sin ferocidad. Cuando encendió un cigarrillo con una cerilla vieja y quebradiza, lo hizo sin la menor dificultad ni el menor temblor.

3

El pálido y brillante sol de Austerlitz, de la Turena, quiero decir, atravesó la monacal habitación de Ludovic y, en unos segundos, hizo pasar sus facciones, relajadas por el sueño, del bienestar a la tristeza. Parpadeó, se acordó del hombre que —ahora ya lo sabía— siempre provocaría repugnancia y deseos de alejarse a su mujer y giró la cabeza en la almohada con un confuso gemido. Al abrir los ojos, vio salir de la manga de su pijama, demasiado corta desde siempre y para siempre, una muñeca, con los huesos protuberantes de un adolescente, en lugar del vigoroso brazo que había tenido en otros tiempos. La soledad, el miedo y la decepción que sentía desde que había vuelto, explicadas ya por Marie-Laure, le parecían más crueles que sus monótonos e interminables días precedentes. Y ni siquiera podía acusar de su actitud, de su físico ni de la repulsión que ahora sabía que provocaba al hombre en que se había convertido tan deprisa y tan lentamente tras las gruesas puertas vidrieras de los sanatorios. Ludovic nunca había sentido suficiente interés por sí mismo —en realidad, nunca le había dado tiempo— para pensar en matarse y poner fin de ese modo a una vida que, de todas formas, había conocido durante muy pocos años. En las clínicas no había espejos, solo un cuadrado de cristal para afeitarse, y eso si los enfermeros estaban convencidos de tus ganas de vivir. Pasaron dos años hasta que volvió a verse a sí mismo. La ambulancia que lo llevaba a La Cressonnade se detuvo delante de una farmacia, y Ludovic descubrió en su escaparate el rostro de un joven desconocido, alto y febril. A su llegada a La Cressonnade, los «¡Cómo has cambiado!» de Sandra y Marie-Laure, sin más precisiones, no le sorprendieron de inmediato. Por el contrario, la cara de satisfacción de Martin —«El señor tiene mucho mejor aspecto que la última vez»— le hizo reír: de hecho, Martin lo había visto sumido en el coma y ya ungido con la extremaunción. Sandra, no sin severidad, había olido cierto tufo a engaño en ese postrer sacramento, literalmente arrancado por un cura frenético a un ateo en el limbo. En el fondo, lo que le reprochaba a su hijastro era una especie de hipocresía, aunque no habló de ello hasta más tarde. Temía un empujón de su marido, que, aunque respetuoso en sus maneras, tenía en ciertos momentos gestos injustificables y brutales. Al principio de casados, con la excusa de hacerla callar, solía darle unas palmaditas en la espalda, que cuando ella seguía hablando se transformaban en auténticos empujones, guantazos entre los omoplatos que la proyectaban hacia delante. O, a la inversa, en abrazos feroces que la ahogaban, porque su marido la apretaba con una fuerza que destrozaba todos sus planes de exponer su teoría sobre Ludovic y sus hipocresías finales. Esa vez, Henri Cresson la estrechó contra su pecho como un plantígrado celoso y le susurró al oído: «¿Te habría parecido mejor que muriera?», lo que desde luego no era el caso. Pero a veces ni los hombres más inteligentes tienen la sensibilidad necesaria para entender ciertos escrúpulos. Aunque mujer, Marie-Laure tampoco comprendió el punto de vista de su suegra.

*

Era temprano, relativamente temprano para los moradores de La Cressonnade, «pero el señor de la casa se ha marchado al alba», les explicó Sandra a sus habitantes, ya levantados y reunidos en el comedor (ella había tenido el coraje de bajar), con su habitual mezcla de admiración y conmiseración.

—No le basta con irse a las ocho de la mañana al despacho —añadió, irritada—, ha salido disparado a las seis. Y cuando le he preguntado por qué, me ha dado una respuesta tan extraña... Lo he entendido mal, seguro...

Y rio con una expresión desconcertada y pícara, que atrajo la mirada de todos los presentes.

—Podemos ayudarte a comprenderlo —se ofreció Philippe—. Estamos acostumbrados a las bromas de tu marido.

—Me ha respondido textualmente: «¡Quédate en la cama con las viejas plumas de tus almohadas, cariñín, y, sobre todo, no te muevas hasta que vuelva!».

Philippe, Ludovic y Marie-Laure se echaron a reír. Sandra se unió a ellos, hasta el punto de volcar el taburete al que se había encaramado, taburete de mica y tela ininflamable, inmanchable, irrompible e inoxidable, pero incambiable y, en una palabra, incomprable. Solo pudo dejarse caer con elegancia en el puf marroquí más cercano.

Alzó el dedo hacia Martin, el mayordomo.

—Habría que devolver esto a esa fábrica de Suecia o donde sea —dijo con severidad para disimular.

—Esa fábrica quebró hace sesenta años —murmuró Philippe—, lo siento. De hecho, quería regalaros un sillón de jardín del mismo decorador, que se llamaba Checker, pero por desgracia está ilocalizable, acabado.

—Las cosas bonitas y originales ya no están de moda —lamentó su hermana cogiendo otro pedazo de tarta, porque el anterior había caído bajo el «cebú», animal impropiamente llamado así y cuyo esqueleto, piel y cabeza se habían conservado gracias a reparaciones tan frecuentes como onerosas.

El atroz cuadrúpedo, desconocido, por lo demás, hasta en los museos más insólitos, siempre había asustado a los niños y los animales, y repugnado a los adultos. Con el tiempo, algunos perros audaces le habían arrancado trozos, sus pelos habían desaparecido, lo mismo que sus escamas, y ya no se parecía del todo a nada, salvo al animal más grande y más feo del planeta Tierra y de la era del diplodocus. Aquella especie de cebú destacaba en el salón, con la gruesa cola enrollada alrededor de la copia del sarcófago de Tutankamón y la cabeza apoyada en un armario gótico que había pertenecido en otros tiempos a un cura de la Inquisición. En cualquier caso, daba pena verlo. Aunque, en realidad, la familia ya no lo veía; solo asustaba a los extraños, porque debía de haber sido gigantesco entre los de su especie (sin ser, como pretendía Sandra, el rival de los pretenciosos diplodocus).

*

Efectivamente, Henri Cresson se había levantado muy temprano. Había dormido mal. El asalto entre Marie-Laure y Ludovic de la noche anterior, que había presenciado desde detrás de un plátano, le había quitado el sueño. Aunque no era un protector constante de su hijo, hacía mucho tiempo que se había acostumbrado a creerlo feliz, y ahora lo veía incapaz de volver a serlo. Porque bajo su techo se libraba un siniestro y desigual combate, cuya víctima se llamaba Ludovic, que era de su sangre y de su responsabilidad. Así que, al despertarse, Henri Cresson estaba de mal humor, mal humor que se transformó en rabia contra sí mismo, contra la gente, contra los demás, contra todo lo que, exceptuada la absoluta bondad, la bondad total de su primera mujer, se interponía entre los seres humanos y los empujaba a emparejarse y vivir juntos como animales de triste compañía.

Se habría podido decir que Henri Cresson estaba de mal humor permanentemente, o permanentemente al borde del ataque de ira, pero no era verdad: él justificaba su temperamento por razones que en su opinión eran lógicas. Un negocio que no funcionaba, alguien que le plantaba cara, una mujer hermosa que lo aburría, algo que no deseaba. Al menos, respecto a aquello podía hacer algo. Pero ¿qué?

¡Ah, sí! Hablarle del muy idiota de Ludovic a una prostituta respetable. Una vez en el coche, se acordó de que en la calle de esa persona costaba aparcar, pero luego decidió que encontraría sitio. Y lo encontró.

La señora Hamel estaba en el lugar de la cita mucho antes que él, pero eso Henri no lo sabía. Le había dado tiempo a pasar el plumero por la barra, había separado dos taburetes y los había alejado de los demás, como si esos simples objetos de madera ideados para sentarse en ellos pudieran ser testigos indeseables. También había sacado una botella de whisky, otra de Ricard, una de Perrier y otra de Coca-Cola. Nunca se sabía: los hombres cambiaban, y algunos tenían gustos cada vez más extraños.

Henri Cresson entró con paso relajado, cruzó el pequeño vestíbulo como hubiera cruzado cualquier otro sitio conocido y, al llegar ante la señora Hamel, le cogió la punta de los dedos, se inclinó y los besó. Recordaba vagamente que a ella le encantaba ese gesto, sin duda porque se correspondía con la idea que tenía de los caballeros.

Se sentó en el taburete de al lado, dudó con la mano encima de las cuatro botellas y, al final, se levantó, cayó sobre la punta de los pies, porque, para quien no lo sepa, era de estatura media y tenía las piernas un poco cortas. Así pues, saltó de su pedestal, fue a pedir una botella de vodka y al volver se sentó con el mismo esfuerzo y posó en la barra su trofeo triunfalmente.

La señora Hamel no se limitó a dejarle hacer: corrió a su alrededor agitándose, buscó hielo, soda, ¿o prefería Indian Tonic?, etcétera. Por fin, se detuvo, tomó vodka, igual que él, y ambos brindaron como viejos amigos o personas que no se conocen, o ya no se conocen, lo cual era el caso.

—Siempre tan guapa... —dijo Henri Cresson con voz dura, porque, viniendo de él, los cumplidos le aburrían, aunque no tanto como viniendo de los demás.

—Bromea usted —respondió ella—. Tan galante como siempre, pero bromea.

—Nunca con las cosas serias —dijo él sonriendo.

Y le dio un trago al vodka, porque de pronto su idea le parecía irrealizable o absurda, en todo caso demasiado buena o demasiado interesante para aquella mujer maquillada como una institutriz. La señora Hamel vio enseguida que la conversación no sería fácil y le lanzó unas cuantas banalidades, útiles, lo sabía, para distender situaciones como aquella: ¿cómo estaba? ¿Cómo es que ya no se le veía por allí? ¿Qué tal le iban los negocios? Todo el mundo hablaba de él y de su éxito... Hasta en París, al parecer. ¿Era verdad que tenía ambiciones políticas? Henri guardó silencio, excepto sobre el último punto, al que respondió con un simple gesto de la mano abierta hacia el suelo.

—¿La política? ¡Jamás! ¡Idioteces, idioteces y nada más!

Ella asintió con la cabeza.

—¡Bueno! —exclamó Henri golpeando la barra con la palma de la mano—. No quiero hacerle perder el tiempo. Mi problema es el siguiente. ¿Sabía usted que mi hijo, mi hijo único, Ludovic, sufrió un grave accidente?

—Sí, claro que sí...

—Bien. ¿Sabía que después lo dejaron morirse de asco en una especie de sanatorios ridículos, en los que malgastó su tiempo, mi dinero y los medicamentos de pacotilla de sus psi... psiquiatras? ¿Estaba al corriente? Por supuesto. Da igual que uno sea la discreción en persona...

Soltó otra risita. Por alguna razón, la señora Hamel se sentía incómoda. Esperaba cualquier cosa menos que le hablara de su hijo. Era extraño.

—Precisamente, no se habla lo bastante de su hijo. Se habla, para ser exactos, pero no se dicen más que estupideces. No se sabe nada, ya no se sabe nada.

—Ya, ya —dijo él—. ¿Lo ha visto usted?

—Pues claro que no, no se le ve el pelo. El jardinero del ayuntamiento se lo cruzó por casualidad cuando fue a descargar no sé qué a casa de ustedes. Lo vio de lejos, más delgado, pero no hablaron. Eso no es inteligente. Su hijo tiene que salir, dejarse ver, demostrar a todo el mundo que no está...

La señora Hamel se interrumpió y se encogió de hombros.

—¿Que no está loco? —completó Henri Cresson—. No lo está, suponiendo que lo haya estado alguna vez. Lo que sí estuvo es idiotizado por unos cretinos. Y se reincorporará a su trabajo muy pronto, pero todo aquello lo desquició, ¿comprende? Dos años atiborrándose de calmantes diversos no ayudan a nadie.

—Le creo —admitió la señora Hamel, lista para enlazar con una historia edificante, que Henri se apresuró a atajar con un gesto de la mano.

Ella volvió a adoptar una actitud atenta.

—No ha estado con una mujer en dos años. Tiene, como todos los Cresson, un temperamento digamos vivo, y ha estado privado de mujeres durante dos años, lo cual es muy malo.

—Pero su mujer vino aquí ex profeso para estar con él y cuidarlo. Tiene usted una nuera maravillosa, que además es encantadora y...

Henri la cortó.

—No, puede que sea guapa, pero es una mala pécora, una ambiciosa, vaya, no lo que necesita ese chico ingenuo, amable, atento. No saldrá de allí —dijo con una vaga nostalgia—. En fin, la cuestión es que ella le hace creer que para una mujer no es posible volver con un hombre que ha estado loco. Y lo trata con frialdad, sí. Le niega su cama.

La señora Hamel dio un respingo que estuvo a punto de hacerla caer del taburete. «Negar la cama» era la cosa más horrible que podía imaginar, dado su oficio.

—Pero eso... ¡es tremendo! Además de ilegal, ¿sabe? Usted puede exigir... —La expresión de Henri Cresson le hizo comprender que él no tenía nada que exigir, salvo que lo escuchara—. ¿Y qué piensa hacer?

—Pienso tranquilizarlo rápidamente respecto a ese tema. Es una pena que no lo haya visto usted. Ha vuelto aún más guapo que antes, y más encantador. Es un chico atractivo, acuérdese.

—¡Uy, ya lo creo! —exclamó la señora Hamel asintiendo con la cabeza—. Era un muchacho guapo, alegre, que gustaba a todas las chicas, que además lo querían bastante. Su hijo era un chico muy majo, y no creo que un medicamento haya podido convertirlo en un... un... un bruto.

—Yo tampoco. Necesitaría que una de sus... señoritas lo tranquilizara. ¿Le parece eso posible?

—Pues claro que sí —aprobó la señora Hamel, aunque al instante la reputación turbia, extraña, incluso inquietante de Ludovic Cresson le produjo un ligero desasosiego.

La cosa no era tan sencilla. Veamos, ¿quién...? ¿Quién? ¿Quién? Las caras y las figuras empezaron a bailar ante sus ojos. Demasiado joven, demasiado estúpida...

—Por supuesto, no conviene ni una tontita ni una neurótica —estaba diciendo precisamente Henri Cresson—. Lo que hace falta es una mujer, una mujer buena a la que le gusten los chicos, que sepa ocuparse de ellos, sobre todo en estas circunstancias. ¿Estamos de acuerdo?

—Espere, espere... Estoy pensando en una joven encantadora, que usted no conoce. Acaba de llegar de París, de Clichy en realidad, y no le tiene miedo a nada.

—Pero ¡mi hijo no necesita una mujer audaz! —se sulfuró Henri, que volvió a golpear la barra—. Lo único que necesita es una nueva experiencia de la vida. Así que ayudémosle. Una vez lo hagamos, todo irá mejor. Para él y para nosotros.

—Debe de ser una situación terrible. Para su pobre mujer también.

—¡Bah, Sandra no sabe nada! Sandra nunca sabe nada de nada. Pero él sí, porque se lo ha dicho la mala pécora de su mujer, y cree que se ha vuelto repulsivo. Lo que está muy lejos de ser cierto. Mire, es muy sencillo: se lo traigo después de comer.

—Pero, por favor, señor Cresson, usted bromea, confío por completo en usted... Es un hombre hecho y derecho...

Henri volvió a golpear la barra.

—¡Por eso mismo! Quiero que lo vea. O le pareceré un inconsciente, o estará totalmente de acuerdo conmigo. Vendré hacia las dos y media.

Y sin más, dio media vuelta y salió por la puerta. La señora Hamel, un poco roja y angustiada por la dificultad de la tarea, cogió un papel y empezó a escribir nombres, que parecían caer de su bolígrafo como las manzanas de un árbol en primavera.

*

Eran las doce y media, quizá la una. Henri Cresson habría podido perfectamente volver a casa para comer y luego coger de la oreja a Ludovic y llevárselo, pero lo pensó bien: si compartir una comida con la familia ya lo agotaba, lo irritaba y lo exasperaba, compartir dos le resultaría insoportable. Así que se detuvo por el camino en un hostal que conocía, donde se tomó una deliciosa *andouillete*, comida que a su mujer no le gustaba demasiado ver en sus platos. No obstante, tenía que llamar a casa, para evitar que Ludovic se esfumara después del almuerzo y no estuviera allí cuando él llegara.

Telefoneó, y contestó Martin, que puso su voz de hombre sensato, señal de que había hecho alguna idiotez, en cuyo caso su cara, más impasible que nunca, se parecería a la del señor Spock, el personaje de la serie de ciencia ficción que a

Ludovic y a él les encantaba. El único personaje de ficción que habían descubierto y además disfrutado juntos.

—Las señoras y los caballeros están... —empezó a decir el mayordomo con voz doliente y fría.

—No quiero que me diga dónde están, quiero que me ponga con alguno. ¡Bah, no merece la pena! Simplemente, dígale a Ludovic que iré a buscarlo después de comer.

—¿El señor vendrá a buscar al señor después de comer? De acuerdo, señor, se lo diré.

—¿Todo bien, Martin?

—Muy bien, señor, gracias.

Henri colgó de inmediato. En La Cressonnade debía de haber un drama doméstico, una vez más, y se alegró de que el instinto lo hubiera alejado de ella, al menos durante otra hora. «Cómodamente sentado en un sillón inglés, con tu perro a los pies, una buena botella de whisky escocés y un buen fuego en la chimenea», oía a veces. Fantasías de cretino desocupado...

Volviendo a su madrugón y a su prematura llegada a la fábrica, por lo demás desierta, el malestar que lo acompañaba no había desaparecido. Los despropósitos —esa era la palabra— que había cometido a continuación no habían contribuido a que lo olvidara en absoluto. De hecho, bajo su techo, sin que él se hubiera percatado, se libraba un oscuro combate, sobre el que lo ignoraba todo: primer punto desagradable. Segundo, había un claro desequilibrio de fuerzas: uno de los adversarios era vulnerable y el otro feroz, siendo el primero el más tierno y el más ingenuo, situación que no tenía vuelta de hoja. Y tercer y último punto: para acabar de arreglar las cosas, la víctima era de su sangre y de su parentela más directa, puesto que se trataba de su único hijo.

Tal como lo veía actualmente, el personaje de Ludovic, aquel chico soñador al que cualquiera podía herir y nadie defender, no disponía de otra protección que aquellos tres años de silencio. Por supuesto, él mismo se había negado educadamente a oír y ver las irritantes maldades y la actitud, ridícula a más no poder y, en su opinión, grotesca de Marie-Laure. Y por supuesto, desde que había descubierto que la susodicha se negaba a compartir el lecho con su marido, que hacía ya un mes que le decía que no, que Ludovic soportaba esas negativas y que ella pisoteaba su virilidad, Henri veía las cosas de otra manera. Porque, en definitiva, eso eran muchas noches diciéndole lo peor a un hombre al que le gustaban las mujeres, y Dios sabía lo que le gustaban, mucho más que a él, porque Ludovic siempre ponía ternura, protección, delicadeza. Puede que la noche anterior, al amparo de aquel plátano providencial, hubiera presenciado lo peor al ver desde lejos aquellas dos caras, una de ellas devastada por la vergüenza, el miedo y la resistencia a creer que las cosas ya no podían arreglarse, tras oír las horribles palabras de aquella mala pécora. Una mala pécora cuya preciosa carita, blandida como un arma ante su hijo, se había vuelto mortífera, la de una mujer que ahora estaba dispuesta a todo.

En esos momentos, se daba cuenta del modo en que algunos hombres jóvenes podían venirse abajo o convertirse en unos cobardes frente a aquella otra especie con la que estaban obligados a tener hijos y construir su vida. Desde luego, a él no le daba miedo nada, ni siquiera ese tipo de criaturas, que probablemente le habrían gustado, y tampoco ignoraba su propia ferocidad innata, su instinto de supervivencia, de placer y autoridad, más implacable aún que el deseo de destrucción. Pero la noche anterior había asistido a un ensayo de lo que sin duda sería el final de un destino que habría podido ser feliz, que lo había sido, porque a Ludovic, lo sabía, no le faltaban aptitudes para la felicidad. Pero por ahora su hijo estaba como fulminado: había veces que a Henri le parecía un ángel o un fantasma. Ludovic tenía que recuperar la confianza en sí mismo a toda costa y hacer morder el polvo a aquella gorgona de facciones tan dulces y que vestía de manera tan impecable, a aquella esposa tan elegante por fuera y tan vulgar por dentro, a aquella mujer sin corazón.

En otros tiempos —¿a los veinte años, quizá?—, Henri Cresson había leído todo Balzac, y en los momentos más estridentes o más agitados de su vida se había remitido a esa obra novelesca, en la que a menudo el hombre es sentimental y, en su opinión, un poco cobarde, a ese universo de abandono y desastre interior habitado por víctimas o granujas, por pequeños ambiciosos y grandes cretinos con fortuna. ¡Ah, no! ¡No! Su Ludovic no era ni uno de esos cínicos pueriles ni uno de esos ambiciosos. Un hombre normal no utilizaba a las mujeres para hacer fortuna. Y si él lo toleraba en aquel pobre Philippe, se debía únicamente a que su cuñado formaba parte de la familia por alianza y no tenía un céntimo, y la falta de dinero le parecía una enfermedad tan terrible y lamentable como el herpes o la polio.

En su despacho, absorto en sus reflexiones, partió tres o cuatro lápices e hizo trizas unos cuantos papeles, que, convertidos en dardos, fueron a anunciar al piso de abajo, ocupado por sus secretarias, que no había que molestarlo en todo el día por nada del mundo. El dardo, que, lanzado desde el primero, revoloteaba ante las ventanas de la planta baja, era como una señal de alarma para todo su personal.

*

Sylvia Hamel había nacido en Tours sesenta y ocho años antes. Tras dedicar diez a viajar e instruirse, había regresado con la fortuna hecha o, al menos, en posesión de la técnica y los medios necesarios para satisfacer sus caprichos. Eso resultaba especialmente fácil en una ciudad en la que era conocida y respetada y por la que había hecho correr rumores sobre su buena suerte, sus actividades, loables, incluso honorables, y sus diversos éxitos durante todo el tiempo que había estado ausente. Era una de las cosas que había aprendido: no dejar nunca que la gente te olvidara o te desprestigiara. La ausencia acaba fácilmente con la reputación de cualquiera, sobre todo en provincias, donde que alguien no viva en su ciudad significa que no puede hacerlo de ningún modo o no quiere seguir haciéndolo, lo que sería un síntoma de locura pasajera.

Desde hacía diez años, es decir, desde su regreso, la señora Hamel —cara redonda, cabellos blancos, ligero sobrepeso y elegancia del todo provinciana y desahogada—, propietaria de un palacete, en el que acogía de manera excepcional a algunas desventuradas, maltratadas por el marido o zarandeadas por la vida, ejercía roles asombrosamente diversos en la ilustre ciudad. Mandaba un regimiento de mujeres de mundo, bueno, de provincias, exuberantes y seductoras, que, enfermas de caridad como habrían podido estarlo de varicela o cólera, se prodigaban, siguiendo sus instrucciones, en numerosas visitas. Así pues, la señora Hamel se veía desempeñando dos cometidos no tan alejados, puesto que cuidaba de los cuerpos de los hombres y del espíritu de las mujeres. Y se había hecho de forma casi natural con la verdadera dirección de la ciudad, la única importante a su modo de ver, a pesar de haber vivido sucesivamente en Lyon, Miami, Detroit y, por último, Nueva Orleans, última etapa de su periplo por el ancho mundo. Se desconocían los matrimonios y las alianzas que hubiera podido contraer durante esos diez años, pero se sabía que mantenía vínculos muy estrechos con ciertos medios influyentes y que cualquiera que se atreviera a molestarla cometería una grave estupidez.

Pero, entre la iglesia de Saint-Julien, en la que dirigía el coro, las cuentas y al párroco, un pobre hombre con la mente por completo perturbada, cuya causa ella defendía con ardor, no se sabía por qué, y todas las organizaciones benéficas, incluidas algunas un tanto ilícitas, de las que se ocupaba, nunca carecía de poder. Sylvia Hamel oponía siempre a los azares y las dificultades su rostro pétreo, su tranquilidad y su benévola sonrisa, destinada a los ricos y, a veces, cuando estaba a punto de hundirlos o untarlos, también a los pobres.

Durante mucho tiempo, Henri Cresson había sido un cliente fiel de las *call girls* de la señora Hamel, que se las enviaba por orden decreciente, desde el punto de vista estético o técnico. Luego, su boda con Sandra Lebaille lo había obligado a cesar esa relación un poco llamativa y dirigir sus ardores hacia la capital o ciertos hoteles situados a medio camino. Allí era donde ahora se encontraba con las beldades del lugar. Al menos con ellas, se mostraba educado, atento y efectivo.

*

Cuando llegó a La Cressonnade para recoger a Ludovic, su pequeña familia tomaba el postre en la terraza. Para su sorpresa, Henri Cresson encontró la escena de la comida, los hermosos árboles del parque y el aroma del chocolate realmente exquisitos. Sin bajar del coche, observó a cada uno de los comensales. Sandra, una mujer con carácter que se había vuelto ridícula; el parásito de su hermano Philippe, tonto y afectado; Marie-Laure, aquella mala pécora sin alegría, sin sexo y sin corazón. El último al que miró, y al que hizo señas de que se acercara, era un poco menos indigno. Un poco raro, quizá, un poco borroso, demasiado indefenso ante su mujer y demasiado inocente, desde luego... Y no es que a él le gustara la inocencia, que en su opinión era síntoma de hipocresía o deficiencia mental...

—Pero ¿se puede saber adónde vais vosotros dos? —gritó Sandra.

Su ronca e irritada llamada sorprendió a los dos interpelados. Ludovic se apresuró a cerrar la puerta del coche. Henri masculló unas frases ininteligibles, aceleró para huir y no redujo la velocidad hasta llegar a la pequeña carretera comarcal, destronada hacía tiempo por una nueva y ancha vía, casi paralela, que comunicaba todo con todo, gracias a rotondas tan numerosas como inútiles. Él prefería secretamente la vieja carretera, que, con diez kilómetros más, evitaba las rotondas, los semáforos en rojo y las variantes, en una palabra, todos los últimos adelantos.

Contemplándola con ojos de pasajero, Ludovic Cresson se dio cuenta de lo bucólica pero anticuada que parecía ahora. Los coches ya no la frecuentaban. Con sus remates rojos y las letras medio borradas por la lluvia, los indicadores kilométricos semejaban auténticos mojones. Los árboles, amarillos y verdes, que nadie se había preocupado de cortar, parecían peligros leves y nostálgicos. Lo mismo que los anuncios de los carteles metálicos medio caídos y en los que, torciendo la cabeza, podía leerse: EL DOMINIO DE LOS CARACOLES - 300 METROS, AQUÍ SE COME Y SE BEBE, o EL RINCÓN DEL BUEN HUMOR, aunque en el silencio de aquellos campos no se oía la menor risa. En realidad, era una carretera derrotada, desahuciada por su reciente rival, cuyo fragor se oía a veces a varios kilómetros, una carretera como para no enseñársela a los niños que tuvieran fe en el progreso, la velocidad y el anonimato. Porque ninguno de ellos se acordaría del Rincón del Buen Humor, ya que, como Henri Cresson, nunca pondrían los pies en él.

Ludovic no decía nada. Su padre volvió a acelerar, hasta el momento en que, después de una curva, divisó a unos polis de otros tiempos, tres o cuatro gendarmes que estaban fumando y se volvieron a su paso.

—¿Adónde vamos? —preguntó al fin Ludovic con voz conciliadora, suave y ya aquiescente.

«Si le dijera que vamos a plantar guisantes en un pueblo del Ecuador durante tres meses, respondería que sí», pensó Henri. Como hay pocos padres a los que les moleste la docilidad de sus hijos, se enfadó por su propia aprensión.

—¿Te acuerdas de la señora Hamel? —le preguntó, pero como si fuera una afirmación.

—Ya lo creo —respondió Ludovic con entusiasmo, antes de volver a ensombrecerse, lo que reconfortó a su padre en sus proyectos.

—Me la he encontrado en el restaurante y me ha invitado a tomar un licor en su casa. Quiere enseñarme su nuevo ganado. Magnífico, al parecer. Así que me he dicho: «¡Hombre, si Ludovic, siempre encerrado en La Cressonnade, no tiene nada que hacer, como sigue sin conducir, quizá quiera acompañarme!». Esto no tiene nada que ver con la vida con-yugal, por supuesto, en eso estamos de acuerdo, ¿no?

Henri Cresson soltó una sonora carcajada, que pretendía ser procaz, cómplice, familiar, y que no le iba nada.

La señora Hamel estaba con dos señoritas deliciosas, maqui-lladas como por la noche, que parecían encantadas con esos encuentros.

Las sucesivas deserciones, primero de su padre con una de las chicas y luego de la propia señora Hamel, dejaron a Ludovic y la otra joven frente a frente en el saloncito —que por lo demás se parecía al de un dentista—, en el que reinaba una semioscuridad casi inquietante. Oscuridad que impulsó a la hermosa criatura a arrimarse al heredero Cresson. Este temblaba como una hoja, mientras sentía renacer en él sen-saciones tan lejanas que acabó comportándose más como un húsar que como un maestro del amor. A continuación, Alma —porque así se llamaba ella— le preguntó si no podían ver-se al día siguiente, pero en su casa, «donde estaremos más tranquilos». Él respondió: «¡Sí, claro que sí!» con un entu-siasmo que a la chica le pareció encantador.

*

Henri Cresson, encantado de su propia delicadeza, esperaba a su hijo en la planta baja y, en cuanto salieron, lo agarró de la manga, no sin antes darle unas palmaditas en la espalda a modo de felicitación, olvidando que Ludovic tenía treinta y cinco años.

—Punto en boca, ¿eh? —le advirtió—. Como esa arpía se nos eche encima y empiece a espiarnos...

—No creo que a Marie-Laure se le ocurra siquiera dudar de mi fidelidad —dijo Ludovic, pensativo pero alegre.

—Hace mal. En todo caso, Caroline, la nueva pupila de la señora Hamel, ha sentido mucho que prefirieras a Alma. Qué quieres que te diga, hijo mío, siempre has sido un hombre atractivo, pero después de tus... estancias aquí y allí estás aún mejor. Tienes un aire..., hummm..., ¿cómo lo diría?, interesante.

Dicho lo cual, como dos camaradas experimentados y seguros de sí mismos, intercambiaron una sonrisa satisfecha, incluso triunfal, que nunca habían tenido la ocasión o la idea de compartir.

De regreso, se detuvieron al borde de la carretera en el bar El Cruce, donde compartieron una botella de J&B. Luego, Ludovic se despidió de su padre ante la verja de La Cressonnade y se dirigió a la puerta dando brincos como un atontolinado, estrechando algún que otro árbol entre sus brazos y saltando las cercas del césped como en una carrera de obstáculos. Acto seguido, entró en tromba en su habitación y lanzó a su imagen del espejo una sonrisa cómplice que, si hubiera sido capaz, habría podido calificar de libidinosa.

4

El tren de París entró en la estación de Tours a la hora prevista, las cuatro y diez. En el andén esperaban desde hacía veinte minutos dos individuos tiesos y encorbatados, el más joven sujetando un carrito para equipajes vacío. Henri Cresson, que odiaba esperar de una forma patológica, ya se había pateado todo el andén más de diez veces, con Ludovic haciendo el papel de meta volante, que su padre cruzaba en ambas direcciones.

Lo único que retenía a Henri Cresson en la estación de Tours era un muy vago sentido de la respetabilidad. Pensaba que Fanny podría desempeñar el papel, pero aún no estaba seguro de su elección. La única ocasión en que se habían visto, en la boda de sus hijos, había sido funesta. El enlace se había celebrado cuatro meses después de la muerte de Quentin Crawley, y Fanny no era un rostro, no tenía otros rasgos ni otra mirada que la del dolor. La ceremonia, de lo más modesta, tuvo lugar en París, y Henri Cresson la recordaba como una pesadilla aburrida y lenta. La felicidad de Ludovic era lo único que había aportado un poco de animación y sentido a aquellos sombríos instantes.

Cuando el tren entró en la estación y se detuvo, Henri se volvió hacia los coches de primera, que acababan de pasar ante él. Y vio a una mujer, la elegancia en persona, que, sin mirar en su dirección, bajaba la escalerilla sonriendo al pobre diablo que cargaba con sus maletas, dándole casi las gracias por hacerlo. Había dos vagones de primera, y el de Fanny era el de cabeza. El emperador del berro, los frutos secos y otras insignificancias se lanzó al trote hacia aquella figura alta, que, tras ajustarse el sombrero a lo Garbo, estrechaba calurosamente la mano de su desconocido porteador y desventurado viajero, que dejó el décimo bulto, quizá, a los pies de Fanny, antes de saltar al tren, que volvía a arrancar. No importaba: ella agitó la mano en su dirección, y solo cuando desapareció en la lejanía se puso el sombrero bien recto sobre la cabeza y se quitó las gafas de sol. Luego, recorrió el andén con la mirada de dos ojos rasgados, marrones, luminosos, sobre una hermosa boca de sonrisa deslumbrante y afable. «Un rostro casi feliz», se dijo Henri Cresson apretando el paso a su pesar.

Famosa por ser una de las principales ayudantes del gran modisto Kempt, Fanny era conocida también por su encanto, su coraje y su corazón. Sentía un gran amor por la vida, o lo había sentido hasta la muerte de su marido. Al menos, ahora fingía sentirlo francamente bien y ya no se pasaba la vida tratando de olvidarlo, aunque aún necesitaba tiempo.

Henri apareció ante ella y le cogió la mano con entusiasmo, incluso con consideración, sentimiento poco habitual en él.

—Henri Cresson —dijo inclinándose.

—Y yo soy Fanny Crawley. Perdone, me ha costado reconocerlo.

—A mí también —respondió Henri con énfasis. Y, con toda naturalidad, añadió—: Ya era usted muy hermosa, pero estaba tan apenada...

Mientras asentía como un profesional de los sentimientos, los castaños y burlones ojos de Fanny Crawley se volvieron más claros y dulces. Se pasó la mano por la mejilla un segundo, muy rápidamente, y ambos volvieron a verse cruzando el siniestro vestíbulo del hotel en que se había celebrado el banquete de boda, así como las dependencias, no menos deprimentes, del ayuntamiento. Apartaron la mirada al mismo tiempo, como de un espectáculo olvidado.

—¿No teníamos hijos casados juntos? ¿Qué ha sido de ellos? —preguntó Fanny riendo, lo que hizo que Henri Cresson recordara, en efecto, qué hacía en aquel andén con aquella extraña, aquella hermosa extraña.

—¡Ludovic! —gritó. Y al volverse, vio al alcornoque de su hijo peleándose con el carrito de los equipajes, que, atascado, no podía ni avanzar ni retroceder. Tenso como un arco delante del maldito chisme, el chico maldecía en voz baja pero audible—. ¡Qué calamidad! Espere aquí, voy a ayudarle.

Fanny lo vio avanzar hacia su hijo con paso decidido, negar con la cabeza, tirar de una palanquita invisible pero eficaz y hacer retroceder el carrito para tomar impulso. Por desgracia, el vehículo respondió al brusco empujón con un auténtico salto adelante y se precipitó a la vía. Ludovic cogió al vuelo a su padre, que se aferró a él, lo que les llevó a ejecutar un bailecito ridículo pero salvador. Se quedaron agarrados, jadeando estupefactos. Una risa franca les hizo reaccionar.

—¡Dios mío! —exclamó Fanny Crawley—. Dios mío, qué susto me han dado... ¿Eres tú Ludovic? No puede ser, cuando nos conocimos parecías un playboy, no un estudiante. Has adelgazado, ¿no?

—Ha perdido sus buenos diez kilos, sí —terció Henri meneando la cabeza.

—Más vale eso que haberlos cogido —respondió ella—. Esos dichosos tranquilizantes engordan y envejecen a cualquiera. Contigo es al revés... ¿Serías tan amable de coger uno de esos carros raros para mi equipaje?

Ludovic alzó los brazos al cielo ante su propio despiste, bajo la mirada de reproche de su padre, y salió disparado hacia la otra punta del andén.

—No se preocupe —le dijo Fanny a Henri Cresson—. Viajo con tantas maletas que mis anfitriones suelen asustarse, pero por lo general solo abro una.

Ludovic había desaparecido en algún sitio, y Henri se impacientó.

—Pero ¿dónde se habrá metido? Además, estará usted cansada... ¡Qué idiota es este chico!

—No olvide que he venido precisamente para recordar a toda Turena que su hijo no es idiota...

En ese momento, un Ludovic triunfal volvió a aparecer en su campo de visión, pero en el lado opuesto a aquel en el que debería haber estado, dueño manifiesto y absoluto de su vehículo. Detuvo el carrito ante ellos y lo cargó como pudo de maletas, bolsos y sombrereras.

—¡Qué cantidad de equipaje! —constató. Henri Cresson se estremeció ante tamaña grosería, mientras Ludovic añadía—: ¡Qué bien! Eso significa que se quedará algo más de tiempo con nosotros.

Y Cresson hijo volvió hacia ella un rostro tan absurdamente joven, con unos ojos tan solitarios y una boca cuyas comisuras alzadas y cuyo abultado y carnoso labio inferior revelaban tan a las claras su bondad que Fanny Crawley se dijo: «Es totalmente distinto y mucho más simpático que el yerno que he tenido hasta ahora».

Lo miró mientras cargaba parte del equipaje en el descapotable de su padre —el resto se lo llevarían a casa— y volvió a ponerse derecho el sombrero. Henri Cresson le abrió la puerta del acompañante, y Fanny se sentó, enseñando claramente las piernas... a las que Henri no pudo evitar echar un rápido y entusiasta vistazo de viejo seductor.

*

Ludovic se subió atrás y se instaló de lado en el borde del asiento, entre dos maletas un poco duras y una sombrerera, de la que rebosaba el papel de seda.

—No eres tú quien conduces, Ludovic... —dijo Fanny tan de repente que al conductor se le caló el motor.

Henri Cresson volvió a encenderlo, pero no habló hasta haber recorrido doscientos metros.

—Ludovic no ha vuelto a conducir desde el accidente, ¿sabe?

—Pero quien iba al volante no era él...

Fanny se había puesto seria.

—Es usted la única que parece acordarse —dijo Ludovic con voz ahogada.

Y de pronto introdujo la cabeza entre los dos asientos delanteros y posó la mejilla en el hombro de su suegra. Hasta Henri Cresson pareció enternecerse medio segundo.

Pero sus dos pasajeros habrían preferido que mirara hacia delante. Porque, de toda la vida, Henri Cresson parecía haber considerado las carreteras como otras tantas pistas trazadas exclusivamente para él, se sorprendía ante cada coche con el que se cruzaba y, en definitiva, solo veía el decorado en el retrovisor. Incluso Fanny, que parecía distraerse con facilidad, acabó lanzando miradas de preocupación a Ludovic, que, con los ojos bajos, no quiso verlas, hasta que, no pudiendo aguantar más, volvió a alzarlos y le sonrió, como sonríen los niños en clase cuando están al borde del ataque de risa.

—Dios mío, querido Henri, ¿qué necesidad hay de ir tan deprisa? —preguntó la invitada—. El paisaje es muy bonito. Diría incluso espectacular.

—¡Bah! —respondió su anfitrión acelerando—. ¡Para espectacular, la casa, ya verá!

—Bueno, que sea lo que Dios quiera —dijo ella cerrando los ojos y echando la cabeza hacia atrás.

Desde su incómodo sitio, Ludovic contemplaba la línea de su cuello y su elegante perfil, sereno, indulgente y bello, uno de esos perfiles que los pasajeros de un tren vislumbran a veces, muy brevemente, al cruzarse con otro tren y en el que piensan siempre, toda su vida, con una especie de nostalgia.

—Ya solo faltan tres kilómetros —dijo de pronto Ludovic con voz triste—. Me habría gustado conocerla mejor.

—A mí también me habría gustado conocerte durante más tiempo, querido yerno —respondió Fanny riendo—. Te he visto tres veces, creo: cuando Marie-Laure nos presentó, cuando os casasteis y otra vez, en uno de esos sitios horribles a los que te llevaron para que te cuidaran después del accidente.

—Lo recuerdo muy bien —dijo Henri Cresson de repente—. Usted incluso se echó a llorar justo después. Y como era la única que lo había hecho en tres meses, me impresionó.

Hubo un silencio.

—Recuerdo... —murmuró Fanny con los ojos todavía cerrados y el perfil todavía sereno—. Recuerdo que llevaba..., que llevabas, perdona, Ludovic, un pijama blanco de dril y estabas sentado en un sillón de jardín, dormido y con las muñecas atadas, aunque parecías la persona más dócil del mundo. Y confieso que lloré, sí. No exactamente por ti, en realidad. Pensaba, estaba segura de que te recuperarías, sí, de que te recuperarías muy pronto. Lloré por todos los que no lloraban.

—Pero... pero los hombres no lloran —afirmó Henri en un tono de defensa pueril.

*

Hubo un silencio largo, muy largo, que duró hasta que llegaron a La Cressonnade.

Al bajar del coche, al que Henri hizo ejecutar un elegante giro, Fanny había recuperado su actitud alegre y tranquila.

5

Fanny apenas había tenido tiempo para ver, como en una pesadilla, las torrecillas medievales edificadas por una de las cuñadas viudas antes de marcharse y los matacanes del otro lado de la casa, cuando Martin bajó la escalinata, abrió la puerta de la invitada y sacó el ejército de maletas amontonadas en el maletero (dejando que Ludovic, rodeado de sombreros, se las apañara como pudiera). Henri Cresson dio la vuelta alrededor del coche y cogió del brazo a Fanny para cruzar con ella el umbral, mientras Philippe, radiante, bajaba a toda velocidad los cinco primeros peldaños, peinado, encorbatado, mudado de arriba abajo, empujando hacia dentro el pañuelo de bolsillo, que sobresalía demasiado, y descubría con estupor en el interior de La Cressonnade a dos hombres, tres contando a Martin, que, como nunca le daba el aire, estaba increíble pero irremediablemente pálido. De pronto, Philippe Lebaille se quedó pasmado ante su tez, blanca como la tiza, en la que no había reparado hasta entonces y que le habría recordado la de los presos, si hubiera conocido a alguno.

—Fanny, señora Crawley... —dijo deteniéndose en el décimo peldaño, en el que la procesión formada por Henri Cresson, Ludovic y Martin, los dos últimos encorvados bajo las maletas, se había inmovilizado a su vez—. Fanny, ¿me permite que la llame Fanny? Nos hemos visto dos veces, una en la boda de su hija y la otra en el hospital de Ludovic.

—Veo que tienes recuerdos selectivos —refunfuñó Henri—. Los dos momentos más lúgubres de la década.

Al decir eso, el señor de la casa había parado en seco en el rellano, por lo que la fila india tropezó con él. Fanny tuvo tiempo de dar un grácil pero desesperado saltito hasta el rellano, mientras Ludovic y Martin se agarraban a la barandilla dejando volar por los aires las valiosas maletas de Fanny.

—Mi ropa no corre peligro —le dijo a Henri—. Su castillo ¿es más alto que el de Luis II de Baviera? ¿Tiene usted más de doscientos setenta escalones?

Henri no rechistó, pero señaló el pasillo de la derecha con galantería.

—Su hija se aloja por allí —dijo—. Ludovic la acompañará.

—Creo que sería más educado ir primero a saludar a su esposa.

—Por ahora, mi hermana está fatigada, y supongo que querrá usted ver a su hija —intervino Philippe—. Está un poco más lejos... La habitación de su hija, quiero decir. Y de Ludovic, claro.

—Eso no importa —se apresuró a decir el aludido—. Lo principal es que Fanny se sienta como en casa.

Y se echó a reír mientras se unía a la nueva comitiva, que echó a andar hacia el dormitorio de Marie-Laure. Henri Cresson tomó el pasillo de la izquierda, igualmente interminable. Ludovic, que se había adelantado como un guía fantasma, se detuvo ante la última esquina del pasillo.

*

Fanny había aceptado aquel viaje, aquella casa y aquella visita a su hija para saber cómo marchaba el matrimonio de esta y decir todo lo bueno que pensaba sobre su yerno, misión un poco absurda, que no le correspondía en absoluto, salvo quizá en lo tocante a la locura autoritaria que detectaba en Henri y el aturdimiento que percibía en Ludovic. Una misión que no podía evitar entrever como un deber inesperado. Después de todo, aquellos dos ya no pretendían gustarle a nadie, cuando la mayor parte del tiempo los hombres no pretendían otra cosa. En aquellos individuos burgueses y cómicos había una desmesura, algo tan fuera del tiempo, de la época y de la moral que casi le daba miedo. Uno de esos burgueses estaba casado con su hija, y su familia quería rehabilitarlo, después de haberlo llevado a la situación en la que se encontraba, es decir, la infelicidad. Hacía mucho tiempo que no veía a nadie tan instalado en la infelicidad como aquel chico; de hecho, era evidente que entre aquella familia y él no había más que choques y silencios. Puede que aquello fuera peor que las novelas de Mauriac y algún otro, en las que los monstruos se enfrentan, porque allí no había nadie monstruoso, salvo quizá su hija, aunque en eso prefería no pensar.

Después de varios cambios de dirección y un recorrido equivalente —le pareció a Fanny— al circuito de Le Mans, se detuvieron delante de una gran puerta, pintada recientemente en un tono que en casa de los Cresson armonizaba quizá con la tez de los casados jóvenes. Volverían a pintarla para la boda de los nietos, los biznietos, etcétera. Nadie se atrevía a llamar. Henri, irritado por la pasividad de sus compañeros, alzó la manó y pegó un puñetazo en la puerta.

—¡Marie-Laure! —gritó con una voz que quería ser alegre, pero sonó amenazadora—. ¡Marie-Laure, tu madre ha llegado!

Le respondió un silencio ingrato. A su lado, Fanny vio que unas venitas se le hinchaban y palpitaban tanto en la barbilla como en las sienes. Henri volvió a llamar, y esta vez su voz ya no tuvo nada de melosa:

—¡Marie-Laure! ¡Maldita sea! ¿Estás muerta? ¡Te digo que es tu madre!

E hizo girar el pomo, en vano: la llave estaba echada. Entonces se produjo un auténtico silencio, uno de esos silencios que se supone se pueden cortar con un cuchillo y que dejó helado a todo el mundo. Henri volvió hacia su hijo un rostro desencajado por la rabia.

—Pero bueno, ¿es que ahora tu mujer se encierra? ¿Cómo te las arreglas para entrar por la noche? ¿Rezas delante de la puerta?

Ludovic, pálido, permaneció extrañamente firme en su silencio y su aparente falta de cólera. Fanny avanzó un paso entre los dos hombres y llamó a su vez:

—Cielo... Soy yo, tu madre... Supongo que estabas durmiendo. Te espero en mi habitación dentro de media hora. Así me dará tiempo a ducharme. Hasta luego, cariño.

Y tras un leve gesto afectuoso en dirección a la puerta, gesto tan inútil como el anterior, dio media vuelta con decisión y, cogiendo del brazo a Henri Cresson, que seguía rojo, y a su yerno, que seguía pálido, emprendió la marcha en sentido contrario.

—No lo entiendo —masculló Henri lanzando miradas coléricas e imperiosas hacia Ludovic.

Detrás de ellos, Philippe, que en ese tipo de situaciones hundía su pañuelo en el bolsillo todavía más como para ponerlo a salvo, avanzaba un poco encorvado, adoptando sin saberlo los andares de Groucho Marx, pese a ser únicos.

—Esta es su habitación, Fanny, la de los invitados de honor. Si no le gusta, hay otras tres a su disposición. A partir de hoy, es usted quien manda en toda la casa, no lo olvide.

—Nunca he tenido el menor sentido de la autoridad —dijo ella sonriendo—, y la habitación es encantadora.

*

Las paredes estaban revestidas con un papel pintado un poco desvaído, en el que los colores de las rosas y las lilas habían acabado confundiéndose. Las grandes ventanas daban a la terraza. Una rama de plátano rozaba los cristales, y, al abrir, una hoja acarició la mejilla de Fanny, como dándole la bienvenida. Ella sonrió a la terraza, a la hoja, al silencio exterior, apreciado quizá por primera vez. Sonrió, sin volverse para compartir su bienestar con aquella sombra, la sombra que sin embargo siempre estaba detrás de ella.

Y es que en un duelo hay muchas etapas. Desde la crueldad hasta la banalidad cotidiana, que al principio te deja aturdido y luego, despierto y expuesto a la indiferencia, llamada en estos casos «discreción», de próximos y extraños. A todo lo que te deja perdido, casi aburrido, pero que no forma parte del duelo y poco a poco te arrastra de nuevo hacia la vida: el desarrollo y los cambios de los días, los instantes, que ahora se suceden sin él, sin ella, sin vosotros dos. Y lo que te hace vivir ya no es la certeza de otro ser, otra existencia y otra felicidad, sino simplemente, quizá, «el duro deseo de durar» del que habla Éluard, que nace contigo, entre los muslos de tu madre, y te mantiene en la vida. A partir de ese momento, lo que debes soportar es el duelo por ti mismo, un desprecio sin memoria, ni siquiera de los días felices. Es ese desprecio perpetuo y negro hacia ti mismo, esa máquina de sufrir que por la noche vuelve a transformarse en animal que gime bajo las sábanas y, por el día, en rostro anónimo que retiene las lágrimas. Resistes, luchas, y la melancolía te ayuda como una fachada y una rutina. Un vago respeto rodea al pelele llorón en el que te has convertido y te hace digno, a veces incluso atractivo, para el otro. Pero, si ese otro se interesa lo suficiente por ti, por tu pena y tu rechazo, si tu rechazo, justamente, no lo humilla demasiado, si ese otro sabe que un corazón derrotado sigue siendo un corazón que late, todo puede volver a convertirse en una ventana abierta a una terraza una hermosa tarde de otoño. Entonces, la primera hoja que roza tu mejilla ya no es una bofetada del pasado, sino una dicha inimaginable, súbitamente irrefutable, incomprensible, la dicha, se le dé el nombre que se le dé.

Mientras guardaba sus cuatro blusas, sus dos jerséis y sus vestidos, inevitablemente bien cortados, en los muebles de la vetusta y encantadora habitación —con una gran bañera antigua en el cuarto de baño—, Fanny saboreó cada instante de aquella calma, en la que solo se oían los crujidos del parquet bajo sus pies.

*

Diez minutos después, Marie-Laure llamaba a la puerta, entraba y encontraba a Fanny de espaldas a ella, colgando las perchas. Así que fue en el espejo de cuerpo entero donde la madre vio a su hija, que era cinco centímetros más baja que ella, cosa que esta nunca había podido soportar.

Llevaba un gracioso vestido de lino malva claro y, en el cuello, una preciosa joya de malaquita más oscura, que resaltaba el color de sus ojos. Las sandalias de paja trenzada la hacían parecer una adolescente más que una mujer joven. Por un segundo, Fanny tuvo la impresión de que en el espejo había tres mujeres, impresión que siempre había tenido y que puede revelar la ausencia de verdad o de humanidad en toda relación estereotipada.

Se volvió rápidamente y miró a su hija con la nostalgia de una infancia que nunca había conocido. Marie-Laure, tras esos tres segundos que presidían todos sus encuentros y entradas en escena, cerró la puerta a sus espaldas y dio cinco pasos hacia su madre. Fanny se apoyó con una mano en la barra de las perchas, besó ligeramente la sien de su hija y volvió a apartarse.

—Mamá, te ruego que me perdones. De repente, me ha entrado un sueño... Con las ganas que tenía de recibirte en la puerta... Pero he caído redonda en la cama. ¡Y encima, me despierta la Gestapo!

—Tu suegro estaba un poco agitado, pero tu marido ha estado perfecto —dijo Fanny con firmeza—. ¿Desde cuándo te encierras con llave? Con lo guapa que estás, además.

—Es un milagro —dijo Marie-Laure lentamente—. ¿Cuánto tiempo llevo aquí? ¿Cuánto hace que declararon a Ludovic curado y apto para la vida? —exclamó, y, para sorpresa de su madre, soltó una carcajada—. ¿Te das cuenta? Después de tres años de preguntas y pronósticos, ni siquiera hay un diagnóstico definitivo...

Fanny se sentó en la gran cama.

—Entonces, ¿qué haces aquí? ¿Lo quieres o no? Y no me digas que es abnegación... Si crees que está loco, divórciate. Ocupáis la misma habitación. ¿Qué quieres en realidad?

—Ya no soy una mujer, mamá. Mi paciencia tiene un límite. Y hay cosas que no puedo contar, ni siquiera a mi madre.

«Sobre todo a tu madre», pensó Fanny sin vacilación ni tristeza, porque hacía mucho tiempo que había renunciado a Marie-Laure y a sus propios sentimientos maternales. Se levantó y se acercó a la ventana para huir de la cama, de las paredes empapeladas, de la puerta, de todos aquellos símbolos de una vida compartida. Sin embargo, ambas sentían cierta admiración mutua: Fanny, por la falta de corazón de Marie-Laure, como quien mira a alguien diferente, castrado al nacer; y Marie-Laure por el corazón, los sentimientos y la bondad de Fanny, cualidades que, a su modo de ver, se podían desarrollar trabajándolas, como las ciencias políticas, y que, como ciertos estudios, estaban muy bien vistas y eran completamente inútiles para hacer carrera, solo que ella nunca había tenido tiempo ni ganas de desarrollarlas.

—¡Qué terraza tan bonita! —dijo Fanny mecánicamente apoyándose en el alféizar.

Marie-Laure se acercó con cautela y aspiró el aire de la tarde y el perfume de su madre, surgido de pronto de una infancia que no le gustaba, un olor que subrayaba la indiferencia a toda su vida, pero le dejaba una leve melancolía personal. Hasta Quentin Crawley había sido demasiado viril y demasiado cobarde, quizá, para inmiscuirse en los rechazos perfumados y crueles que son ciertas adolescencias femeninas. «¿Adónde va mi madre —pensó—, con su trabajo de madona de la moda? Sin futuro, sin una relación...» Y eso que para Marie-Laure la última palabra ni siquiera rimaba con amor o seducción.

«¿Adónde va mi hija, a esta edad en que una se siente tan poco vulnerable?», pensaba por su parte Fanny, que por un instante se sintió responsable de aquella mujer hecha para triunfar y añorar el tiempo perdido.

Una voz alegre que las llamaba las interrumpió. La de Ludovic, que esperaba en la terraza, impaciente como un colegial.

*

Ese día Ludovic no tenía cita.

—Ocúpate un poco de la casa —había mascullado su padre.

Henri había temido la llegada de una especie de solterona mustia, muy poco representativa del «alegre París», una viuda con todos los recuerdos de su maldito matrimonio todavía en la cabeza. Pero eso había sido sin la ayuda de la memoria ni el deseo: una imagen plana que le mostraba a un Ludovic acompañado por una viuda, a la que enseñaba la terraza y el salón desde diferentes ángulos, mientras Marie-Laure arrastraba los pies detrás de ellos. Pero desde la llegada de Fanny todo había cambiado, y ahora Henri la imaginaba riendo en la sombra del camino principal, mientras su hijo la cogía de los hombros. Puede que al cabo de una semana se los encontrara así, sin rastro de Marie-Laure, una visión que lo exasperó. Fanny Crawley con su hijo, en su parque o en su salón, era una imagen sugestiva, como las que provoca el deseo y los celos avivan, incluso cuando no hay nada real en ello.

Fue, pues, Henri Cresson quien escribió la partitura de la música de fondo de septiembre. A veces son los personajes antagonistas los que desencadenan las pasiones más violentas en la gente que los rodea, atrapada a su pesar en espirales incontrolables. Henri Cresson era duro, posesivo e implacable de mil maneras, y nunca había tenido que padecer sus propios sentimientos, salvo el dolor y la pérdida tras la muerte de su mujer. Pero de pronto se sintió celoso, sin confesárselo ni poder evitarlo.

Desde la llegada de Fanny, la tarea de ayudarla le correspondía, lógicamente, a Ludovic. Después de todo, lo que justificaba aquella fiesta era la proclamación de su salud mental, y era su aturdimiento natural el que provocaba los disparatados gastos anunciados: canapés y grandes platos, entrantes grandes y medianos, pirámides de profiteroles de nata, más los senderos rastrillados y el parque repeinado, sin olvidar un personal casi multiplicado por diez y eventual (además de torpe y ladrón, según Martin). Todo era el fruto, el precio y, en definitiva, la tarea de Fanny. Así que Ludovic tenía que enseñarle a su suegra el verdadero decorado, los diferentes salones en los que se suponía iba a recibir para rehabilitar a una banda de individuos ricos, a priori antipáticos para ella. La misión se las traía, aunque era menos difícil para Ludovic, cuya absoluta naturalidad y cuya absoluta indiferencia social lo colocaban por encima, o al menos al margen, de todo aquello, que para Fanny, que unía a la aversión hacia esas «aglomeraciones» la incapacidad de crear un decorado mínimamente elegante en aquel sitio. Todo eso hacía que su tarea fuera tan absurda como su motivo. ¿Qué hacía ella, sin el hombre al que amaba, con una hija a la que no quería, intentando acreditar la resurrección de un joven poco menos que desconocido, al que ese año encontraba más simpático, pero de todos modos raro? En su vida había habido uno o dos períodos fáciles, regidos por la lógica, adaptados a todo, bueno, a todo lo que todo el mundo deseaba, esperaba, aguardaba, y basados en sentimientos, o en un sentimiento, que, aunque no fuera más que la ambición, reunía a las parejas, los seres, los amantes, los padres. Allí no había nada. Solo miopes a los que les costaba reconocerse en los monstruos que pretendían haber dejado de ser.

De hecho, si había personas que posaban en los demás una mirada inteligente, personas que sentían el deber del afecto y el derecho a la ceguera, al menos mostraban —vagamente— un alma en su existencia. En La Cressonnade, la presunción, la indiferencia y la semiagresividad, productos generalmente de la estupidez, eran el resultado de un total desinterés por quienquiera que fuese. La alegría que había sentido en la estación y durante el trayecto hasta allí se había esfumado. Ya no quedaba más que aquella enorme y opulenta casa llena de escaleras, matacanes y gente indiferente. Fanny había conocido y apreciado de forma diversa a ricos y esnobs, clientes de su modisto, pero nunca había encontrado ni soportado a individuos que le resultaran tan ajenos. Lo que reinaba allí no era el dinero, no eran la ambición ni la sed de poder, no era nada de lo que conocía, sino una especie de incomunicabilidad deliberada ejercida por toda una familia que le provocaba escalofríos. Se daba cuenta de que nunca había verdaderas conversaciones entre Marie-Laure y su suegra, entre marido y mujer, entre padre e hijo. Cada cual protegía sus bienes y su posición, y a ninguno le interesaban realmente los demás, ni siquiera un poco. Esa indiferencia flotaba en el aire, entre las brisas del campo, que solo conseguían dispersarla de vez en cuando.

6

Fanny había decidido que el gran día haría buen tiempo. La simple imagen de doscientos desconocidos tropezando con los pufs marroquíes y los signos de exclamación de mármol de los salones la habría hecho huir inmediatamente. Como persona que se arriesgaba y lo asumía, se decía que, si esa noche llovía a cántaros, se quedaría dentro con la chasqueada concurrencia y asistiría con ella al lento hundimiento de las construcciones de lona, los bufés y las mesas que había preparado en la terraza, y puede que, a sus espaldas, hasta la Venus de Milo mirara en esa dirección por encima de las empapadas cabezas de los rezagados. ¿Quién podría entonces afirmar, con aquella tromba y en semejante decorado, que Ludovic Cresson estaba más loco que los demás? Misión cumplida, pues, si el tiempo le era adverso, pero triste consuelo para Fanny, tan poco aficionada a las películas de catástrofes como a las aberraciones de los decoradores, por famosos que fueran.

*

—Naturalmente, tiene usted carta blanca —había declarado Henri Cresson la misma noche de su llegada.

Por el respingo de Martin y el súbito silencio de los demás comensales, Fanny comprendió que no era una frase habitual entre los Cresson, o al menos en el señor de la casa, que, para subrayar la finura de sus palabras, se las había dicho acompañándolas de una sonrisa de hombre de mundo, una sonrisa que lo volvía vulgar. Habría podido serlo sin sonreír, con su físico de toro y su idea de las relaciones humanas y de su propia importancia, pero, curiosamente, su vulgaridad solo aparecía cuando, de forma inconsciente, intentaba ocultarla.

En Tours, como otros rumores apasionantes, generalmente relacionados con La Cressonnade, esa «carta blanca» había causado revuelo, al menos entre los tenderos. La segunda noticia (capaz de poner fin a cualquier equívoco sobre la salud mental de Ludovic) fue el mensaje escrito a mano y en una hoja de cuaderno escolar por el susodicho, que invitaba a Sylvia Hamel a una cita en el chalet del bosque la semana siguiente. En un primer momento, la señora Hamel se quedó atónita, luego se sintió halagada y por último montó en cólera. ¡Pero bueno! ¡Ella tenía su casa, a sus chicas! ¡No iba a chalets, a retozar con los hijos locos de antiguos clientes! ¡Era gordo que, teniendo a su disposición a las chicas más guapas de toda Turena, aquel viciosillo prefiriera a una mujer (ella) en la peor mitad de la sesentena! Pero esas fluctuaciones a lo Racine cedieron ante lo que siempre las vence: la curiosidad.

El sábado a las tres, Ludovic y la señora Hamel estaban frente a frente en el nidito del bosque, él, con chaqueta y pantalón de pana, y ella, en un traje sastre con encajes y ochos prácticamente inviolables. Al final de un diálogo inenarrable en su totalidad, quedó claro que las intenciones de Ludovic eran puras, pero que se sentía muy reconocido hacia la celestina, gracias a la cual había redescubierto las alegrías del amor y se había salvado de una larga melancolía. Luego, disculpándose por ese papel de cartero, entregó a la señora Hamel un sobre que contenía una suma considerable, procedente, cosa que ella ignoraba, de la venta de cuatro de sus relojes, uno de ellos, de oro, el de su primera comunión. Ludovic la acompañó a su taxi y ella lo estrechó contra su pecho con los ojos arrasados en lágrimas.

Curiosamente, la señora Hamel no le habló a nadie de ese encuentro, que sin embargo había comentado largo y tendido por anticipado, y dejó circular las versiones más tiernas. A partir de entonces, solía decir: «Puede que Ludovic esté loco, pero es un caballero». En cuanto a Ludovic, sintiéndose vagamente Casanova, corría como de costumbre hacia La Cressonnade, pero con más entusiasmo de lo habitual. No iba al encuentro de una medio familia taciturna y fría y una esposa hostil, sino a reunirse con Fanny, una mujer hermosa e inteligente que le hablaría como a un hombre.

7

Eran las cuatro y media de ese mismo sábado, cuando Ludovic, de regreso de su cita con la señora Hamel en el chalet del bosque, se detuvo en la terraza. El coche de Henri ya no estaba. En la tarde y en la casa reinaba un silencio y una calma tales que el propio Ludovic se quedó quieto un instante. Fueron unas notas de música las que lo hicieron avanzar. Salían del viejo despacho contiguo al salón y procedían del antiguo Bernstein abandonado en esa habitación adyacente, dedicada oficialmente a los fumadores, los artistas y otras conversaciones abstractas, es decir, que llevaba veinte años vacía y desierta. En realidad, desde antes de que él naciera, puesto que nunca había visto el piano abierto ni había oído una sola nota procedente de él. Le pareció divertido, hasta que sonó una frase, toda una frase melódica, que le partió el corazón. «Por una vez», dijo para sus adentros. Llegó junto al muro —curiosamente, jadeando—, cerca de la ventana de la que salían aquella miel y aquel veneno, y vio el perfil de Fanny, «lejano, inaccesible», le pareció por un momento. Mientras ella repetía el tema una y otra vez, Ludovic se sintió invadido por una desesperación total: no había conocido nada, no había tenido nada, siempre había estado privado, despojado de todo, de lo que había en aquella música, de lo que sin duda flotaba en el aire, alrededor de él, que debería haber flotado en París, revoloteado por todos los lugares por los que solo había sido capaz de arrastrar su inexistencia, él, que nunca había sabido ver ni tener. Se apoyó un momento en el muro con los ojos cerrados, conteniendo las lágrimas. «Lágrimas totalmente absurdas en un adulto», pensó.

Secándose los ojos con la manga de la chaqueta, se preguntó por primera vez en mucho tiempo qué le pasaba, a él, Ludovic Cresson. Durante los largos períodos en los que ensayaban con él todos los medicamentos posibles, a Ludovic lo había salvado su falta de interés por sí mismo, su total carencia de aprecio, pero también de desprecio hacia su propia persona. Libre de deberes, salvo de los que él mismo se inventaba a veces —sentimentales y discutibles—, tampoco se sentía con derechos, porque nunca había tenido ninguno, salvo el de gastar el dinero de su padre rápida y generosamente. Era un hombre despreocupado y constante, que ignoraba por completo lo que era la felicidad, al que habían arrancado de su vida corriente y fácil, un hombre perdido, un hombre resignado a su soledad tras los años de desesperación que habían pasado sobre él. Privado de cariño desde la infancia, se había sentido durante mucho tiempo el minusválido en que se había convertido oficialmente.

*

La música había cesado. La ventana se abrió.

—¡Ludovic! ¿Qué haces ahí? Creía..., no sé, que estabas jugando al tenis —farfulló Fanny.

Había oído hablar, a Philippe, claro, de las escapadas del chico después de comer, de su necesidad de desahogos. En su momento, no había prestado oídos más que distraídamente, incluso con un poco de reticencia. Pero, en esos instantes, descubrir al joven descompuesto delante de ella, como recién salido del purgatorio más que del placer, la perturbó.

—Estás blanco —le dijo—. Entra por la ventana.

Ludovic obedeció, pero tan lentamente que Fanny le hizo sentarse de inmediato en la banqueta de tres plazas del piano y volvió a colocarse ante el teclado. Miró a Ludovic con curiosidad: su calma le pareció inmutable, como su bronceado rostro, de repente pálido, y sus distraídos ojos, ahora brillantes. Mientras tanto, con la mano derecha, siguió tocando el tema melódico de vez en cuando.

—Pero ¿qué te ocurre?

—No había visto este piano abierto desde que era niño —dijo Ludovic, y esbozó un gesto vago con la mano que expresaba su contento.

—¿Nunca lo habías visto abierto? ¡Es increíble! Es un buen Bernstein, falto de uso, pero con muy buen sonido. Le pedí a Martin que buscara un afinador, que ha venido esta mañana y ha sido muy discreto. Aquí las paredes son tan gruesas... ¡Qué feo es esto, Dios mío! —añadió sin querer, porque hasta entonces se había abstenido de hacer el menor comentario sobre la decoración de los Cresson.

—¿Qué es? Esa melodía hace que se te pare el corazón al instante —dijo Ludovic, y se sonrojó—. No entiendo nada de música, pero lo que se dice nada, ¿sabe? Mientras estaba ingresado, pude comprar un transistor estupendo, con pequeños auriculares, que me permitían estar tranquilo. ¡La de cosas que oí! —añadió sin mostrar el menor resentimiento por el hecho de no haber podido disfrutar de la música, por ejemplo, más que en forma de cortes radiofónicos.

Habría podido añadir: «Me aburría cuando los cabrones de los médicos volvían a encerrarme porque les pedía un diagnóstico. Cuando me dejaron encerrado, acusado de imbecilidad crónica y considerado un peligro permanente. Cuando, sobre todo, nadie me defendió, me protegió ni me sacó de allí, ni siquiera mi propio padre o mi mujer. Porque me lo quitaron todo, hasta mi seguridad de vividor. Porque desde entonces me humillan sin cesar. Porque para engañar un poco mi soledad tengo que recurrir a prostitutas».

Fanny, decidida, desvió la mirada y volvió a tocar la nota en el teclado.

—Es Schumann —explicó con voz insegura—. Un cuarteto, creo. Muy, muy bonito, es verdad. Y estoy de acuerdo, te parte el corazón. Yo no sé tocar, me las apaño, ¿sabes? Pero hay gente que me encanta...

Estaban sentados entre la ventana y el piano. Un sol caprichoso e irónico penetraba por entre las contraventanas, pasaba sobre los relucientes cabellos de Ludovic y los ojos dilatados de Fanny, aferrada a su propia mano derecha y a la exquisita y dolorosa miel de Schumann.

—He descubierto esta música aquí, hoy —dijo Ludovic de pronto—. Y es lógico, porque acabo de descubrir el amor y darme cuenta de que puedo amar a alguien. La amo... —declaró con firmeza—. Ahora ya no puedo vivir sin usted.

—Vamos..., no hablarás en serio... —balbuceó Fanny intentando reír y retroceder en la banqueta.

Pero solo consiguió echar atrás el rostro, un rostro que la boca de Ludovic persiguió y encontró enseguida. Con las dos manos en la banqueta, tocaba a Fanny únicamente con los labios, que se posaban y se apoyaban en su mejilla, su frente, su cuello, respetuosos pero irresistibles, con una suavidad apasionada que la hacía gemir bajo su insistencia. Y continuaban sonando esas dos palabras, «La amo, la amo», seguía oyendo aquella voz, segura al fin de sí misma. No había nada que le permitiera rechazarlo, porque él no la sujetaba, no la tocaba. Solo su rostro yendo de un lado a otro, solo ese vago placer, esa tranquilidad maravillada y los golpes de sangre en las venas.

*

La tarde caía, pero ellos no se daban cuenta. Ludovic decía lo primero apasionado que se le ocurría, y el estupor, la gratitud, la posesividad, ya, se mezclaban con todos los encantos que, a los ojos de Fanny, le daban esa virilidad, esa voluntad y ahora esa compasión deslumbrada que produce el amor mezclado con el placer cuando el azar los junta.

La situación era tan absurda para Fanny y, al mismo tiempo, las reacciones de su cuerpo le parecían tan naturales que reía a la vez que intentaba explicarle su risa a Ludovic, sorprendido y enseguida ganado y conquistado, como lo habría conquistado cualquier otra reacción que ella hubiera podido tener. Tumbada sobre el costado junto a él, Fanny adivinaba la elevada estatura de aquel hombre, la suavidad seca de su piel, la anchura de sus hombros, su fuerza, en definitiva, y también su seguridad. Y no pensaba en la edad de él ni en la suya, que en ningún caso veía como un obstáculo, porque no era más que un hecho, tan poco importante como que tuvieran el pelo de distinto color. Él se maravillaba ante cada detalle de su cuerpo, incluidos sus pequeños defectos, como ante un descubrimiento y un regalo. Y esa mirada posada en ella de forma tan evidente, tan indiscreta, no la incomodaba, ni le hacía sentir en modo alguno la amenaza de la crítica o la timidez.

Y tampoco de la puerta, que, a cinco metros de ellos, daba al salón y a un posible escándalo.

*

Estuvieron toda la cena con caras dulces, aunque un poco pálidas, y una actitud tranquila y alegre, lo que alertó a Philippe, que reconocía los signos del placer, aunque no conociera los del amor.

Henri Cresson llevaba una especie de venda en la mano derecha, que no paraba de chocar con todos los especieros, lo que le hacía maldecir entre dientes, porque la educación le prohibía ciertas expresiones delante de tres mujeres: la invitada, su nuera y la hierática Sandra.

—¡Un accidente de trabajo por culpa del idiota del importador de Tokio, que quería ver a toda costa nuestra nueva máquina de descascarillar, una maravilla de la tecnología que, al fin y al cabo, nos ha costado doscientos mil dólares! —dijo blandiendo amenazadoramente el cuchillo en dirección a Ludovic y Philippe, que lo miraron con ojos desorbitados—. Al enseñarle esa... porquería de máquina, me he acercado demasiado a la correa de corte... Olvidémoslo..., aunque me ha rozado la muñeca.

Y extendió el vendaje hacia el centro de la mesa.

—¡Qué horror! —dijo Fanny—. Habría podido ser peor, ¿no?

—Pues sí —respondió Henri, enternecido, y enseñó los dientes como muestra de dolor.

—Debería tener más cuidado, padre —terció Marie-Laure, del todo indiferente, como Sandra—. Pero ¿qué hace ese japonés en mitad de Turena?

—Es verdad —dijo Fanny—, tan lejos de Tokio... Debería haberlo invitado a cenar.

—¡Son siete representantes de la IAOPU! Los mayores importadores de grano de Japón y de Asia.

—¡Siete! —exclamó Ludovic, despertando de pronto—. ¡Qué barbaridad! Bueno, entre ellos y esa dichosa fiesta que se acerca, aquí nos estamos volviendo de un sociable...

Y soltó una risa tan relajada que todos los comensales se quedaron pasmados. Henri fue el primero en reponerse de la sorpresa y recuperar el mal humor, tanto más cuanto que Fanny también reía.

—Te recuerdo, jovencito, que damos esa «dichosa fiesta» por ti. Para demostrar a nuestros conocidos que no volviste tocado del ala de todas esas clínicas. Cosa de la que, por otra parte, no estoy seguro.

—Podemos discutirlo —respondió Ludovic con la misma jovialidad.

—¡Y te recuerdo que mientras tú tonteabas con las enfermeras, yo trabajaba! —Hubo un silencio prolongado y muchos ojos bajos hasta que Henri, un poco incómodo, añadió con tono de queja—: De hecho, aquí el único que trabaja soy yo. Y usted, querida amiga, por supuesto —puntualizó cogiendo la mano de Fanny y besándosela.

La risa de Ludovic se volvió incontenible.

—No tuve suerte con las enfermeras, papá. Mujeres sanas, fuertes, enérgicas... —añadió, y se volvió hacia Fanny riendo como un colegial imprudente, insolente, que buscaba público.

—Pero te has resarcido, ¿verdad? —le preguntó de pronto Marie-Laure—. Con las jóvenes funcionarias de la señora Hamel, ¿no? Vaya, según me han contado.

«Realmente silba como una serpiente», pensó Fanny sintiendo que la cabeza le daba vueltas, y se levantó.

—Encuentro su conversación insoportable —les espetó colérica—. Inescuchable, en cualquier caso. Les ruego me disculpen...

Y se marchó.

Philippe se levantó cortésmente, Ludovic dejó de reír y Henri Cresson mostró cierta confusión. Entre Fanny y Ludovic había habido uno de esos momentos de acuerdo, de complicidad, y luego de exasperación por parte de Fanny, lo que alarmó aún más a Philippe. Y puede que también a Marie-Laure, puesto que se levantó a su vez y siguió a su madre, primer gesto de solidaridad familiar que se le conocía.

Los tres hombres se quedaron solos. Henri farfulló unas frases, seguramente excusas, inaudibles para los demás. Luego, se levantó, masculló un «Buenas noches» furioso que recordaba a un «¡A la cama!» y dejó a los otros dos sentados frente a frente, Ludovic, con los ojos clavados en el suelo, y Philippe, mirándolo a él.

—¿Crees que mañana hará buen tiempo? —preguntó este último—. ¿Crees que la gran noche también lo hará?

—No tengo ni idea. Ni yo ni nadie.

—En todo caso, tu encantadora suegra cuenta con ello. Hay que reconocer que es una mujer llena de optimismo. El candor en persona, para su edad...

—Ignoro su edad —respondió Ludovic, que volvía a sonreír, como a su pesar, lo que irritó ligeramente a su tío político.

Philippe no tenía la menor relación con Fanny y, pese a la exquisita educación de esta, se daba perfecta cuenta de que lo miraba como si fuera una fotografía, un personaje inmovilizado para siempre, que era como se sentía él mismo a veces.

8

Cuando volvió a ver a Ludovic, Fanny pensó que ya no era un extraño personaje sin edad ni carácter, y menos aún un huérfano perdido, sino un hombre al que ella pertenecía confusamente. Lo inquietante era su apatía, su incapacidad para encolerizarse y reaccionar cuando le hablaban con la superioridad y el implacable rencor de quienes han hecho sufrir a alguien una ofensa cruel y encima lo culpan de ella. Y la indulgencia —¿el olvido?— de Ludovic redoblaba su desconfianza. Fanny temía descubrir que los motivos de esa amnesia fueran miserables, por ejemplo materiales, y el nuevo encanto de aquel hombre se desvanecía ante esa hipótesis.

Había decidido reflexionar durante la noche y marcharse, quizá, por la mañana o, en todo caso, hablar largo y tendido con él. Pero, apenas se tendió en su cama de provincias —con la botella de Evian severamente plantada en la mesilla de noche, como una dama de compañía—, se durmió tan tranquila. Sin otra imagen bajo los párpados que la de Ludovic riendo muy cerca de su cara, con los ojos castaño rojizo iluminados por la felicidad. Fanny no se entendía a sí misma. Antaño, nada más ver a Quentin, con su aspecto de inglés y su gran boca, se había enamorado y lo había deseado. En cambio, Ludovic solo le había hecho sentir compasión y curiosidad. ¿Qué había ocurrido?

Fuera lo que fuese, el caso es que no oyó las piedrecitas que su enamorado lanzaba contra los postigos de su ventana. Seguramente fue lo mejor.

*

Cuando a la mañana siguiente entró en el comedor y lo vio de pie, vuelto hacia la puerta, con los ojos y la sonrisa de la noche anterior, le sorprendió su actitud impaciente y arrobada. Una ternura inesperada hizo que sintiera un nudo en la garganta. Se detuvo en el umbral, advirtiendo de paso que Marie-Laure comía tostadas dándole la espalda y, por tanto, no podía ver su expresión. Era la primera vez que se sentía culpable delante de su hija, y se sentó dispuesta a hacerle una escena a Ludovic, como si fuera un indiscreto, o como si la tarde anterior la hubiera violado y dejado embarazada. En resumen, ¿por qué había complicado una situación que ya era siniestra de por sí, vistos los protagonistas?

—Buenos días —dijo sonriendo a diestro y siniestro con una educación que era en ella un hábito invencible.

Le respondieron «Buenos días» diversos, entre ellos el de Philippe, al que no había visto y que iba enfundado en un batín un poco raído. Henri ya se había ido a la fábrica y Ludovic parecía perdido en sus ensoñaciones.

—Dios mío, mamá, ¿otra vez vas a liarte a hacer recados? —Marie-Laure miraba el pantalón de terciopelo y la camisa de seda de Fanny con una expresión indulgente—. Deberías ponerte pantalones más a menudo —añadió—. Con tu figura, pareces aún más joven. ¡Sí, sí! —exclamó, como si alguien hubiera discutido el cumplido.

—¿Tú crees? —le preguntó Fanny sonriendo con naturalidad. Luego puso cara de preocupación y la miró enternecida—. Tú, en cambio, sigue usando vestidos, cariño. Siempre has estado muy mona con tu talle de avispa, tus falditas plisadas y tus zapatos puntiagudos...

—¡De todas formas, tenía que cambiarme! —replicó Marie-Laure, furiosa, señalando su traje sastre Chanel—. Después me voy a jugar al golf.

Era un poco duro para ella ver su conjunto desacreditado por Fanny, mientras Ludovic, que siempre había admirado sus atuendos pese a sus groseras infidelidades, ya no tenía ojos más que para su madre. Esa mañana, Fanny parecía, en efecto, muy joven, y aludir a una edad invisible no la ponía de relieve necesariamente en el sentido que su hija hubiera querido. Se levantó.

Desde que había vuelto su marido, Marie-Laure solía pasar las tardes en el club de golf, donde había encontrado a unos amigos extranjeros que «han hecho una escapada desde el Ritz», decía, y a los que explicaba la ausencia de Ludovic por su «reeducación», un término tan vago como inquietante que justificaba a la perfección dicha ausencia, en realidad enormemente deseada. Suspiraba encantada pensando en su admirador, un estadounidense con la fortuna asegurada, pero sin prestigio. Tras cuatro años de una cuasi viudedad irreprochable, Marie-Laure no iba a conformarse con un empresario de Minnesota. Después del golf, volvería a La Cressonnade y telefonearía a sus amigos, como todos los días, pero también, como todos los días, a los abogados Perez y Seiné, defensores presentes y futuros de su herencia o su parte de la fortuna Cresson. También iría a charlar una hora con Philippe, con el que tenía algunas conversaciones desde que se sabía algo más sobre las locuras de los dos Cresson.

*

Ese día, el descapotable de Ludovic, que le había regalado su padre a su regreso de la convalecencia, los esperaba delante de la terraza. El joven bajó los peldaños de la escalinata brincando sobre un pie.

—¡Tenemos que acordarnos de las flores para Marie-Laure! —gritó—. Le he dicho a todo el mundo que íbamos de compras.

Parecía encantado de su doblez. ¿Qué hacía ella con aquel crío?, se preguntó Fanny. Ludovic le había dicho que la amaba con locura, le había hecho el amor como a ella le gustaba, era irresponsable desde hacía años... ¿Qué quería de él? No despreciarlo. Pero ¿y con qué derecho?

La estación no estaba tan lejos. Le bastaría con coger un tren para evitarse un comportamiento o una reacción impulsiva que podía dejarla en ridículo.

—¿Tienes las llaves? —le preguntó él.

—Sí —respondió ella secamente rebuscando en el bolso, donde acabó encontrándolas.

Se las lanzó mientras abría la puerta del coche y ocupaba el asiento del acompañante. Él le había pedido que condujera ella si... Ella había aceptado el acuerdo, así que Ludovic inclinó hacia el cristal de la ventanilla de Fanny una cara paralizada ya por la preocupación. Pero ella no se inmutó. Los quince días transcurridos habían instaurado una norma, pero un hombre que decía amarla y la había poseído no podía hacerle guiños con doble sentido. Y menos aún dejarse tratar como un trapo delante de ella por su propia mujer y luego endosarle el volante para el resto del día. Al principio lo había compadecido, pero en esos momentos a quien compadecía era a sí misma. Ella, con un chico en el fondo irresponsable; ella, que trabajaba para vivir, que vivía sin marido y que había dedicado sus vacaciones a aquella familia de burgueses sin corazón.

—¿Qué pasa?

—Vámonos, Ludovic. Sé bueno, estoy cansada. Ponte al volante.

Y, echando la cabeza atrás, cerró los ojos.

Tras un segundo de silencio, oyó que Ludovic se sentaba a su lado, ponía el coche en marcha, probaba el motor y arrancaba despacio, sin sacudidas. Fanny mantenía los ojos cerrados como muestra de confianza, pero sobre todo de desánimo.

—No sé cómo se acciona el limpiaparabrisas —dijo una voz alegre y casi triunfal—. No me acuerdo...

Fanny abrió los ojos, miró un instante la cara, preocupada pero inocente, de su esclavo, vuelta hacia ella, y, con la mano izquierda, puso en marcha el limpiaparabrisas.

—¿No tienes miedo conmigo? No me atrevía a pedírtelo, pero he practicado en secreto desde tu llegada...

—En absoluto —dijo Fanny—. ¿Por qué?

Y cerró los ojos.

Ludovic condujo en silencio hasta Tours, la ciudad de las tentaciones, donde le hizo un número de esclavo en cada tienda, empujando los carritos y asistiendo a cada transacción con ojos aprobadores. Estaba rodeado por una multitud de dependientas sobrexcitadas por los elípticos relatos de la señora Hamel sobre su encuentro con Cresson hijo. El caballero tal vez loco parecía muy atento con su suegra, tan simpática como insoportable era su mujer.

Estaban en unos grandes almacenes, y ella, que dudaba sobre la fuente de porcelana que pondría en cada mesa, le enseñó el precio.

—¿Qué opinas?

—¡Bah! —dijo él sin mirarla siquiera—. Carta blanca significa carta blanca. ¡Qué más da! —añadió cogiéndola del brazo y arrastrándola hacia la caja—. Es para impresionar a la gente de aquí, que para su propia fiesta elegirán las mismas, ya lo verás.

—Yo no estaré en sus fiestas —respondió Fanny riendo mientras él la instalaba en el coche y se inclinaba para ejecutar sus órdenes y meterlo todo en el maletero, mostrándose como lo contrario de un joven escondido detrás de los medicamentos y la apatía o pisoteado por los suyos.

En plena calle, mientras estaba atrapada en aquel incómodo vehículo, Ludovic se inclinó hacia ella y posó los labios en su pelo, rápida pero abiertamente. Fanny se irguió en el asiento.

—Pero ¡tú estás loco, Ludovic Cresson! ¿Qué van a pensar los tureneses?

—Que piensen lo que quieran. De todas maneras, vamos a viajar, ¿no? No conozco el planeta. Si es que te gusta viajar, claro.

Fanny se reclinó de nuevo en el asiento. En ese instante habría dado lo que fuera por disponer de una habitación de hotel con puerta y llave, incluso en Tours, que no le había gustado, en la que poder encerrarse, volver a la normalidad y regresar a París y su propia Cressonnade de cien metros cuadrados. «Pero bueno —se dijo—, ¿qué me pasa? ¡Qué dramón! Vine tontamente a pasar tres semanas en el campo para ayudar a mi hija, que me exaspera, cometí la estupidez de ceder ante este chico, víctima de su familia, ¿y ya es un gran amor, y encima condenado?»

En una ocasión, tras la muerte de Quentin, había pasado la noche con alguien que a la mañana siguiente la había ofendido con su actitud triunfal y su ostentación. Que había ofendido, más exactamente, su idea del amor, que, inspirada para siempre por el de Quentin, incluía cierta estima del otro. Había visto, alrededor de ella, a hombres de espíritu elevado comportarse como patanes con sus mujeres o sus amantes, y a mujeres encantadoras explayarse sobre las proezas de sus amantes delante de su peluquero. Reinaba en esos momentos un puritanismo a la inversa llamado libertad, que la había asombrado cuando lo había descubierto, puesto que hasta entonces Quentin y la pantalla de su espíritu se lo habían ahorrado toda su vida. Ahora, una idea la asustaba como una tara: la incapacidad de amar, unida al frenesí de exhibir sus amoríos.

*

Fanny y Ludovic pasaron la tarde recorriendo las calles de Tours, comprando objetos indispensables, según la lista redactada a conciencia por Fanny tres días antes, que ahora le parecía tan absurda como poco realista. Ella hablaba del tiempo, de los detalles de la fiesta, del aspecto de los tureneses, y él le respondía con el mismo tono, sin extenderse. Cuando volvía la cabeza hacia él, encontraba un rostro descompuesto, interrogativo, convencido de su propia culpabilidad. La ignorancia de la falta cometida lo enmudecía, su incapacidad para comprender y su angustia lo envejecían, incluso lo desfiguraban un poco. Ya no quedaba nada del joven amante desarmado y feliz del día anterior. Volvía a ser un chico solitario, desesperado y súbitamente adulto, pero adulto como puede uno volverse adulto debido al dolor, es decir, como arrinconado en una esquina de la habitación, de la vida, de espaldas a las posibilidades de futuro. Solo, siempre solo, estaba solo. El día anterior creía haber escapado de esa soledad, pero estaba atado a ella y ya no tenía ninguna capacidad de reacción.

Él le gustaba y ella temblaba. La tersura de su piel, la forma de sus párpados entrecerrados, de sus ojos inquietos, de sus grandes manos en el volante, unas manos tan fuertes, extrañamente, pero, como ahora sabía, hábiles y atentas... Todo lo que había descubierto la tarde anterior le hacía volver la cabeza hacia él, como en los momentos más ardientes de su pasión por Quentin.

Cuanto más lo pensaba, más la asombraba y la inquietaba. No era posible sentirse tan íntimamente unido a alguien, tan naturalmente cercano a alguien después de la primera vez... Se habían encontrado en un territorio neutral, sin miedo, curiosidad ni reticencia. Solo se podía atribuir al destino, aunque ella le llevara diez años, o más, o menos, aunque fuera escandaloso, aunque él no fuera estable, aunque toda la vida y todas las costumbres de Fanny chocaran con aquella historia y aquellas dos horas junto al piano.

9

Esa noche, la conversación en torno a la mesa resultó poco animada. Henri Cresson se preguntaba por qué todos los turistas se empeñaban en visitar los mismos sitios y parecían tenerla tomada en particular con Notre-Dame, que él encontraba cuadrada, aburrida y sobrecargada.

—Y luego además está esa especie de cabezas espantosas que asoman por todas partes... —añadió—. ¿Cómo se llaman esos adefesios que cuelgan fuera? ¡Qué cosa más fea! ¿Cómo se llaman?

—Gárgolas —dijo Ludovic.

—¿Y cómo sabes tú eso? —le preguntó Henri, asombrado, como si su hijo le hubiera revelado un escalofriante secreto atómico.

—Es verdad —convino Marie-Laure—, ¿de dónde te viene tanta sabiduría? Los adefesios que se te conocían en otros tiempos no eran de piedra, creo recordar.

—Salvo uno, con el que me casé.

La voz tranquila de Ludovic dio paso a un silencio interminable. Rojo de satisfacción, Henri abrió la boca para expresar su opinión, sin duda inoportuna y tajante, pero de pronto sobre sus cabezas sonaron unos pasos lentos y pesados. Se quedaron quietos con el tenedor en el aire y los ojos desorbitados. Encima estaba la habitación de Sandra, que tenía prohibido levantarse desde hacía tiempo y guardaba cama, con una enfermera junto a la cabecera, tan flaca como gorda estaba la diurna.

—Eso es Hamlet oyendo los pasos de su padre en el primer acto —comentó Ludovic, que desde luego estaba lanzado.

—¡Haz el favor! —gritó Henri, de pie—. Tiene que acostarse inmediatamente. El doctor Murat..., Marat..., bueno, como se llame, me lo volvió a recalcar ayer. Philippe, sube a meterla en la cama, yo voy enseguida. ¡Venga, muchacho, venga, al galope!

Su cuñado saltó hacia la escalera, más diligente que preocupado.

Marie-Laure parecía reponerse poco a poco de la réplica de Ludovic.

—Pero ¿cómo se le ocurre...? —exclamó Henri en alusión a su mujer.

Se levantó y se dirigió lentamente hacia la barandilla, seguido por Fanny, harta. La voz de Marie-Laure los detuvo:

—Pero, padre, su mujer lleva ocho días trotando por la habitación... Quiere darle una sorpresa la noche de la fiesta.

—¡No es verdad! —La consternación de Henri era evidente—. No puede... ¡Lo tiene prohibido! Hasta el doctor Machin, el del Hôtel-Dieu, me dijo que...

—A ella se la refanfinfla, padre.

—Pero si parece... ¡Si tiene el color de un tomate maduro, de una pierna de cordero cruda! —bramó Henri—. ¡Se desmayará en los postres o vaya usted a saber! ¡Ah, no! ¡De eso nada! ¿Y Fanny? La anfitriona es Fanny, ¿no? ¡He anunciado a todos mis amigos que, por una vez, en La Cressonnade recibirá una mujer guapa! —Y, con presteza, farfulló—: Sandra tiene otras cualidades, por supuesto...

Fanny, escandalizada, montó en cólera:

—Pero ¿qué maneras son esas de hablar de la propia mujer? Para empezar, le devuelvo la vara de mando con mucho gusto, y, para seguir, el lenguaje que utiliza...

—Si no era con mala intención... —se disculpó Henri—. Pero tiene razón... En fin, ya sabe usted, los hombres... —Esbozó una sonrisita de tiburón que no le iba nada—. No es más que una expresión —dijo con su habitual mala fe—. ¡No me diga que nunca ha oído hablar a un hombre de piernas de cordero crudas o asadas a propósito de su mujer! Indebidamente, desde luego, pero sin grosería...

—Yo no —contestó Fanny con firmeza—. Nunca he oído a un marido comparar a su mujer con una pierna de cordero, ni asada ni cruda.

Al oírse, le entró la risa floja, y se marchó a toda prisa, pero con dignidad.

—Jamás —repitió de todos modos en la escalera—. Jamás.

Y al llegar arriba, se lanzó literalmente al trote en dirección a su habitación.

Marie-Laure, Ludovic y Henri se quedaron solos, con el oído tendido hacia el techo y cara de tontos. Arriba, los pasos habían cesado.

—Martin, ya no se oye nada, ¿verdad? —preguntó Henri, como si los otros comensales fueran sordos.

—No, señor —respondió el mayordomo presentándoles el plato de los quesos, que Henri rechazó con un ademán exasperado.

—Pero ¿ha oído esos pasos hace un momento?

—No, señor —respondió Martin con el mismo tono indiferente.

Los dos hombres se miraron con una antipatía feroz.

—¡Llévese de aquí esos quesos! Nadie quiere.

Marie-Laure (que odiaba el queso) extendió la mano hacia el mayordomo a modo de desafío, pero una mirada a su suegro la contuvo y le hizo volver a posarla en el mantel.

—En todo caso —dijo Henri—, está claro que Philippe tiene mucho ascendiente sobre su hermana: ¡se ha vuelto a acostar!

—A no ser que le haya hecho una llave inglesa... —apuntó Ludovic.

Por primera vez desde su regreso, Marie-Laure lo miró con una sonrisa divertida, que él no le devolvió. Observaba a su padre con interés: era evidente que Henri dudaba entre su deber hacia Sandra y unas ganas locas de eludirlo. De pronto salió disparado hacia el vestidor. Ludovic y su mujer permanecieron un instante frente a frente, pero se levantaron con rapidez. En cuanto a Philippe, no volvió a aparecer y, en consecuencia, no pudo recibir las felicitaciones de su familia por su diplomacia.

*

A las once de la noche, la señora Hamel estaba en su saloncito, lleno de tapetes, en el que dos de sus protegidas se lamentaban, la una en un sillón y la otra en el sofá. La primera volvía de visitar a un cliente, sexualmente depravado, del que había tenido que escapar por piernas. «¡Turistas o desconocidos, jamás!», le había repetido la señora Hamel mientras le ponía un vendaje Velpeau en el tobillo, que se había torcido en la calle. La segunda, tan muerta de miedo como la otra, miraba llena de confianza a Sylvia Hamel, que, instalada ante su escritorio, respondía con firmeza a una carta recibida esa misma mañana por su pupila, carta en la que un viejo amigo tenía la desfachatez de reclamarle dos meses de sus ganancias. La expresión de la señora Hamel mientras citaba la impresionante lista de los funcionarios que la protegían habría desanimado a más de un chulo rezagado.

Fue ese clima de angustia lo que encontró Henri Cresson al llegar. Pero era lo que le convenía. Las piernas desnudas, el champán y los guiños lo habrían exasperado. Pidió a la señora Hamel que le concediera ipso facto un poco de su tiempo y unos cuantos consejos, porque recientemente había vuelto a comprobar la discreción y el sentido común de su interlocutora. Además, añadió, hacía tiempo que deseaba cambiar el órgano de Saint-Eustache (feudo de Sylvia Hamel), que las modestas colectas aún no habían conseguido sustituir. La señora Hamel interrumpió su fulminante prosa, dobló la carta, envió a las pobres chicas a sus habitaciones y cerró con cautela la puerta del pasillo.

Rodeado de tapetes, Henri Cresson parecía un toro bravo pero imprudentemente condecorado e indultado antes incluso de que lo torearan. Se bebió dos coñacs seguidos y se volvió hacia su apreciada y vieja amiga.

—Bien. Ya sabe usted que Sandra tuvo hace poco una de sus crisis sanguíneas y desde entonces debe guardar cama por orden facultativa. Así que quien tiene la amabilidad de recibir en casa, junto con mi hijo y conmigo, es una pariente política, mi consuegra, la madre de mi nuera, vaya. La señora Fanny Crawley, una mujer encantadora.

—En efecto —dijo la señora Hamel—. Coincidí con ella en Los Tres Delfines. Estaba comprando sillas de anea para la fiesta que dan ustedes, y la encontré muy simpática, elegante y parisina. Y parece tan joven... ¿Qué edad tiene?

—¡Anda, pues no lo sé! —comprendió Henri de pronto—. De todas maneras, para mí es una mujer joven, hermosa, amable, alegre y atractiva. Muy, muy, muy atractiva...

—Sin duda... —convino la señora Hamel, cada vez más sorprendida.

—Trabaja en París con un modisto muy conocido, cuyo nombre he olvidado. Un trabajo prestigioso, desde luego, pero que no le da muy bien de comer. —Henri hizo una pausa y enseguida continuó—: Resumiendo, tengo intención de casarme con ella.

Sylvia Hamel, que al empezar la noche había visto entrar en su saloncito a dos chicas aterradas, veía ahora al más importante empresario de la región, proveedor de empleo para cientos de individuos y, en consecuencia, de cientos de clientes para ella, perder la cabeza. ¿Habría bebido? Se levantó del sillón.

—Pero ¡señor Cresson! —exclamó con voz profunda—. ¿No está usted casado?

—¡Desde hace demasiado! —exclamó a su vez Henri Cresson, también de pie—. Mi mujer es una arpía, lo sabe usted perfectamente. Usted y toda la ciudad. ¡El divorcio existe, puñeta! —rugió, y volvió a sentarse.

La señora Hamel se sirvió un coñac.

—¿Lo sabe ella?

Se refería a Sandra, pero Henri no tenía sentido de las prioridades:

—No..., Fanny no lo sabe, ni Sandra, ni nadie. Antes quería consultárselo a usted.

Pasado el primer shock, la señora Hamel parecía reponerse poco a poco.

—Ante todo, crea que me siento muy halagada... La primera en saberlo, ¡qué honor, la verdad! Bueno, si lo he entendido bien, ¿no hay nada cerrado?

—Lo habrá en los próximos días —respondió Henri.

—Pero ¿acaso la señora..., la madre de su nuera, vaya..., le ha dicho que sí?

—Aún no. No le he hablado de ello, pero esas cosas, ya sabe, se sienten... —dijo adoptando unos aires de psicólogo que no acabaron de convencer a la señora Hamel—. Había pensado anunciarlo durante la fiesta, delante de todo el mundo, salvo ella, claro, porque Sandra estará en su habitación... Dos buenas noticias a los postres: mi hijo no está loco y yo me caso con una mujer maravillosa...

Parecía realmente encantado.

—¡Dios mío! —se limitó a decir la señora Hamel.

Y pensó: «El que está loco es él».

—En cuanto a Ludovic, que no ha tenido madre, el pobrecito, siente un gran afecto por ella.

Recordando los unánimes y detallados elogios de sus pupilas al ardiente afecto de Ludovic y pensando además en el encanto del chico, la señora Hamel se arrellanó un poco más en el sillón, entrecerró los ojos y fingió evaluar con serenidad la situación, cuando lo único que veía pasar por su mente, poco acostumbrada a esas extravagancias, eran duelos incestuosos, sangrientos asesinatos, etcétera.

—De todas formas, yo que usted, señor Cresson, esperaría a que pasaran unos días después de la fiesta para decidir sobre todo eso. La señora Cresson, Sandra, no debe ser la última en saberlo.

—¿No dicen que los cornudos siempre son los últimos en enterarse? ¡Uy, perdón! Es el único defectillo que me encuentra Fanny, mi lenguaje.

Parecía tan satisfecho que Sylvia no pudo menos que decir:

—No es gran cosa, desde luego. Pero ¿no tiene ella otras relaciones en París?

—Yo me ocuparé de ellas —dijo Henri poniendo su cara de buitre.

La señora Hamel y Henri Cresson, que prácticamente habían acabado la botella de coñac, intercambiaron brindis y votos de felicidad, pero ella se atrevió a preguntar:

—¿No cree que en lugar de casarse con su encantadora Fanny podría asegurarle una vida maravillosa y despreocupada en París, sin provocar ningún drama, los gritos de su mujer, los comentarios de la gente...?

—¡Fanny no es una pelandusca, señora Hamel! Es una mujer con la que uno se casa primero.

—Tal vez si pasara seis meses con ella antes, para comprobar que se entienden... Y entre un divorcio y un nuevo matrimonio tienen que pasar trescientos días, ¿sabe?

Pero Henri no flaqueó.

—Iremos a casarnos a Tahití, o a Andorra, o a Luxemburgo, el alcalde es amigo mío...

—¿A ella le gusta el campo? —preguntó la señora Hamel, que se balanceaba (por el coñac o por el shock psicológico).

Henri dudó.

—Me confesó que le parecía más bonito dar una unidad exterior e interior a la casa —dijo poniéndose en pie.

Y, tras quitarse un tapete volador que se le había pegado al pantalón, cogió la mano de la señora Hamel y la besó.

—¡Dios mío, son las dos de la mañana! Mil perdones... Gracias de nuevo por su consejo.

Pero ¿por cuál, de entre la retahíla que había tenido que darle? Estaba tan cansada y tan conmocionada que se olvidó de recordarle el órgano de Saint-Eustache.

10

Fanny se metió en la cama totalmente vestida y con los nervios destrozados. Durante la cena había llovido, pero ahora ante su ventana se extendía el cielo azul oscuro, invadido por miles de estrellitas empapadas y encogidas. Estuvo así dos minutos sin oír otra cosa que la suave brisa que mecía lentamente las hojas del plátano, pegándolas a veces unas a otras como las páginas de un misal pasadas por un cura aplicado. Luego se desnudó y se dio un baño, repitiéndose varias veces en voz alta: «¿Pierna de cordero cruda? ¡No, jamás!». Y volvía a verse de pie, inflexible ante el pobre Henri, que intentaba hacerle entender la gracia de la expresión, más absurda que ofensiva, en efecto. Y otra vez le entraba la risa.

*

A las cuatro de la mañana, la puerta chirrió, y Ludovic entró en la habitación. No se había quitado la ropa que había llevado durante el día, y había hecho bien. Porque, si hubiera aparecido preparado, recién afeitado, con una bata elegante, perfumado y dándoselas de amante seguro de sí mismo, Fanny lo habría echado de inmediato. Pero cuando encendió la lámpara de la mesilla de noche, lo vio deshecho e inmóvil en el otro extremo de la habitación, junto a la ventana, en apariencia más cerca de saltar por ella que sobre la cama.

—Ludovic... —dijo Fanny susurrando de manera instintiva, aunque la habitación más cercana era la de Philippe, separada de la suya por otras dos, y pese a su novelesco pasado, el susodicho, aunque dormía con la puerta abierta, roncaba como una máquina.

Ludovic iba desgreñado y llevaba el mismo jersey de mohair marrón sobre la arrugada camisa. «Su jersey favorito», se dijo Fanny, sorprendida de conocer tan bien el vestuario del chico. En efecto, ese jersey marrón, la descolorida camisa roja, el pantalón de pana y los mocasines casi nuevos eran una imagen de su propia memoria. Le indicó por señas que se sentara en la cama.

—Son las cuatro de la mañana, Ludovic. No te has desnudado, ni cambiado... ¿ni acostado?

Su voz, al principio alegre, se iba apagando a su pesar a medida que perdía interés en sus propias palabras. Ludovic hizo un gesto con la mano para acallarla, un gesto casi grosero, o que lo hubiera sido en Henri.

—He venido para decirte que si te he molestado u ofendido, no lo he hecho queriendo. Desde esta mañana, busco... y solo encuentro los ojos y la voz de una extraña. Me siento muy desgraciado, eso es todo. —Ludovic alzó la cabeza y la miró a los ojos—. Verás, no es que creyera que tú también me querías ya —dijo—. Pero pensaba que me apreciabas y que nos gustábamos...

—Y es así —respondió ella. Porque era verdad que le gustaba, tumbado a medias sobre sus pies—. Nunca he querido a nadie más que a Quentin, mi marido —continuó—. Entre otras cosas, me protegía, me mantenía a salvo del mundo, de la gente... Ahora vivo sola. No es que gane mucho dinero, pero necesito que me protejan, ¿comprendes? —Él asintió. No apartaba los ojos de Fanny, pero ella no se sentía incómoda en absoluto—. Pero aquí a quien hay que proteger es a ti, a ti frente a esa gente... —e hizo un gesto circular—, que te ha hecho de todo, que se burla de ti, desconfía de ti y te humilla, cuando debería pedirte perdón todos los días... La primera, mi hija... Compréndelo —dijo—, no quiero tener un hijo, ni un amante de rodillas.

Ludovic se levantó y se acercó a la ventana.

—Tienes razón —dijo con voz ahogada—, pero me daban miedo... Me dan miedo. ¿Y si volvieran a encerrarme? Marie-Laure dice que basta una llamada... Y además, cuando estaba allí, eran las únicas personas que conocía de fuera, las únicas que pensaba que intentaban sacarme, las únicas que iban a verme, ¿comprendes? Mi padre, mi mujer, mi madrastra... Si no fuera por ellos, puede que aún estuviera allí.

Hubo un silencio. Fanny se levantó.

—Pero quienes te dejaron salir fueron los médicos... —empezó a decir, indignada.

Entonces, algo se desgarró en su interior. Musitó un «Ludovic», sin duda con un gesto de llamada, porque un instante después él estaba en sus brazos, besando sus lágrimas, que Fanny no sentía resbalar por su cara, consolándola de todo lo que le habían hecho a él, Ludovic, y que ella, Fanny, no podía soportar.

—¡Oh, mi niño! —decía Fanny ahora con una ternura que los besos y las manos de Ludovic transformaban, al principio despacio y luego rápidamente, enseguida, en gestos atropellados.

Una lámpara que se apaga, un jersey que una mujer saca por la ardiente cabeza de un hombre, una camisa que se arranca él mismo, unos pantalones y unos zapatos lanzados en un rebujo lejos de la cama, palabras de amor, lágrimas compartidas, una boca fundida con otra boca... Y luego, el ruido de dos cuerpos que se arrojan uno sobre otro, de dos hojas de árbol, de dos páginas... Y el viento, el viento que se levanta con el día.

11

Henri Cresson había regresado al refugio de su hogar, incluso de su mujer, deslizándose por una puertecita del pasillo que daba directamente al cuarto de baño. Entró en su habitación de puntillas, en la medida en que se puede andar de puntillas tras cierta cantidad de coñacs y una gran exaltación. La respiración de su mujer, que, amorosa o severamente, había dejado entreabiertas las dos puertas de comunicación, llegaba hasta él como una alternancia de ronquidos y silbidos. Y ese ejemplo de confianza y salud inspiraba en Henri una especie de remordimiento anticipado y leve como una vergüenza.

Se acercó a su secreter, que parecía muy moderno, pero era obra de su abuelo, Antoine Cresson, fanático de la ebanistería y de los secretos. Había que presionar sobre la parte superior de un cajón al tiempo que se empujaba y, simultáneamente, darle un buen puntapié a una pata del mueble, lo que provocaba la apertura de un segundo cajón, etcétera, en el que un testamento dormía de lo más tranquilo, porque ese mismo documento descansaba de igual modo en el despacho de Locone & Locone hijo, notarios de París. Henri dejó los folios en la cama, se desnudó y se dispuso a modificarlo.

*

Al día siguiente, Fanny fue de compras, no a Tours, sino a Orleans, donde su anonimato era de lo más completo. Adquirió *La alienación de la sociedad. La ley y las enfermedades mentales* y varios libros más, que hojeó en una cafetería antes de regresar a La Cressonnade. Subrayó varias páginas y, al llegar, dejó el volumen sobre la cama de Ludovic. Por el camino, sintió un escalofrío mientras cruzaba el dormitorio de su hija, viendo su confort, su lujo y las diversas comodidades que Marie-Laure se había traído de París. La habitación de Ludovic, en el piso de abajo, era la de un soldado y en comparación parecía desocupada, pese a que la había ocupado y seguía ocupándola. De pronto volvió a oír el tono con el que su hija hablaba de Ludovic, después de todo su marido, con quien desde luego había dormido y vivido, y al que ahora trataba como a un trasto viejo, mientras que ella misma disfrutaba de los placeres de la amante.

La partida de Fanny, so pretexto de una comida con una vieja amiga de Orleans, había levantado la sospecha general: de Philippe, porque veía engaños en todas partes; de Ludovic, porque iba a faltarle y la mínima mentira de Fanny habría sido de una crueldad letal; y de Henri, porque no entendía qué se le había perdido más allá de Tours.

En su ausencia, Ludovic regresó a la habitación de ella a las dos de la tarde y fue directo a la cama. Fanny la había vuelto a hacer, así que tuvo que abrirla para poder ver las arrugas, los pliegues, las huellas de su larga noche con ella. Los postigos estaban abiertos y había prendas de Fanny casi por todas partes, como su camisón, que estaba en el cuarto de baño. Ludovic tuvo la sensación de que lo esperaba: rosa pálido, largo y arrugado sobre el asiento de una silla, lo esperaba como ningún camisón lo había esperado ni lo esperaría jamás. Se lo acercó a la mejilla, se lo pasó por el pelo y hundió la cara en él.

Cuando alguien tosió a sus espaldas, dio un auténtico respingo. Se volvió y vio a Martin. Martin, con su cara impasible (o de idiota, según la opinión). Extrañamente, a fuerza de años y silencios entre ambos, Ludovic había acabado apreciando al mayordomo, al que veía como un ser inofensivo y, por tanto, distinto del resto de los habitantes de la casa. Se miraron un largo instante, mientras Ludovic se enfadaba consigo mismo por ponerse en evidencia, por exhibir su «culpabilidad» de esa manera; pero ya era tarde, y se limitó a volver a dejar el camisón en la silla con lentitud.

—Es bonito —dijo con pena, como si de verdad le hubiera gustado tener algo igual.

Una tristeza similar, pintada en el rostro de un Martin apurado, le hizo reír a su pesar. Volvió a coger el camisón y lo desplegó sobre el torso del mayordomo, cuya calvicie y cuya solemnidad no ayudaron a hacerlo excitante en el espejo. Tras un segundo de contemplación, sin que ninguna de sus facciones se moviera, Martin devolvió la prenda de sus sueños a Ludovic.

—Debe de favorecer mucho —dijo, para sorpresa de Ludovic.

Este no había percibido el penetrante y sofisticado olor que delataba la presencia de su madrastra dondequiera que estuviese, como las trompetas de *Aida*. Sandra, envuelta en una bata rameada, permanecía inmóvil en la puerta, escoltada por su fornida enfermera de día, que los miraba con reprobación.

—¿Cuál de los dos piensa usar ese tono pastel? —preguntó Sandra sin reír—. ¿Es para la fiesta?

Las voces de Ludovic y de Martin se mezclaron para tranquilizarla.

—¡Ninguno, por Dios! ¡Era una broma! Le decía a Martín que, cuando lo bautizaron, debía de estar muy mono con este color. Aunque sigue estándolo, con su aire infantil...

Ludovic se liaba, y Sandra le echó un único y rápido vistazo al mayordomo para comprobar si alguna niñería había alterado alguna vez el aspecto del chico hosco que ella conocía.

—En todo caso, iría de azul, digo yo. Infantil o no, siempre ha sido chico. Bueno... —dijo suspirando, y se volvió hacia Ludovic—. ¿Tu madre política ha salido? —le preguntó.

—¿Mi madre política? —se extrañó Ludovic, que no creía tener más que una, justo delante.

—¡Sí, tu madre política! No yo, claro, sino Fanny, la madre de Marie-Laure, tu mujer...

—¡Ah, Fanny! —exclamó Ludovic sonriendo—. ¡Claro, claro! —Empujado por Martin, intentaba salir del cuarto de baño, pero Sandra les cerraba el paso. El rojo de su cara, pese a haberse suavizado en los últimos tres días, seguía recordando más la pintura fauvista que a los impresionistas—. Fanny, claro... Fanny. Es curioso, nunca había pensado en ella como en una pariente —dijo Ludovic.

—Disculpe, señora... —intervino el mayordomo, que, barruntando peligros indefinibles, había llegado a la puerta.

—¿Tiene usted prisa, Martin? ¿No quieren explicarme, ni el uno ni el otro, qué piensan hacer con tanto rosa? ¡En fin, da igual! Esta habitación parece vacía... —concluyó meneando la cabeza con aire desaprobador—. Ya sé que la pobre Fanny no tiene ni cien metros cuadrados en París, pero ¡en esta habitación y con todos los muebles que le he propuesto! En fin...

12

El cielo se había vuelto azul pálido y, al día siguiente, se volvió como el de la Costa Azul. Y el color del rostro de Sandra había evolucionado hacia un azul oscuro que hacía pensar en moretones más que en patas de cordero. Reconfortada por el aspecto menos sangriento de su bello perfil, la señora de la casa había decretado una partida de bridge a media tarde e invitado a su habitación a Fanny y Marie-Laure (los hombres de la casa odiaban el bridge con todas sus fuerzas), que jugaban bastante mal a un juego que no habían practicado en años. La Reina —a la que todo el mundo llamaba por el apellido: señora de Boyau, «patronímico que le viene del tío abuelo de Luis XVI (decía Sandra) y la pone a salvo de las guillotinas», añadía— sería la cuarta jugadora.

Ludovic, que había planeado un paseo campestre, se vio privado de Fanny. Las tres jugadoras estaban instaladas en la cama alrededor de Sandra, recostada muy cómodamente en sus almohadones frente a unas compañeras obligadas a sentarse torcidas. Como era de esperar, Ludovic, que para calmarse jugaba al tenis contra la fachada, lanzó una pelota contra la ventana de Sandra, destrozó los cristales, así como sus encantadoras figuritas de hugonotes, y se ganó los improperios de su madrastra y la pobre Reina, a la que había despeinado, y una reprimenda de su mujer, todo ello ante la mirada risueña de Fanny, que lo consoló del resto. A continuación, se fue al bosque, mientras Henri seguía con su siesta.

La partida prosiguió sin más incidentes. La Reina jugaba al bridge día y noche, y solía regresar cargada con sus ganancias a la hermosa villa de su marido, un tal Villabois, lo que consideraba una última etapa antes del trono. Así que pensaba que aquellas dos incautas parisinas le iban a proporcionar la paga de su guardia suiza. Marie-Laure y Fanny jugaban juntas. Sandra y la Reina formaban pareja. Pero en esa partida regia Fanny encadenó durante dos horas manos increíbles y soberbias, manos definitivas, pues, para irritación de Su Alteza, que intentó recuperarse, en vano.

Hacia las ocho de la tarde, mientras Sandra refunfuñaba, Marie-Laure contó abiertamente las ganancias de su madre y suyas, divertida y encantada.

—¡Dios mío, este juego es maravilloso! —exclamó Fanny—. Tres meses de alquiler resueltos en París, gracias a una dama de tréboles —añadió, en alusión a su última y espectacular jugada.

La Reina, exiliada, arruinada, decepcionada y despechada, pagó, se despidió y se fue bastante deprisa.

—Cuando la coronen, no seremos sus damas de honor —bromeó Fanny.

—No he sido yo quien ha tenido esa suerte indecente —respondió Sandra.

—De todas formas, yo prefiero los diez mil francos —dijo Marie-Laure, insistiendo ante la reticencia de su suegra a saldar su deuda.

Sandra tuvo que apoquinar.

—A propósito, mamá, gracias. Como compañera, no puedo estar más satisfecha.

—Afortunado en el juego, desgraciado en amores —rezongó pérfidamente Sandra.

Lo que desencadenó un estúpido ataque de risa en la segunda madre política de Ludovic Cresson, por razones desconocidas para sus compañeras. Incluso tuvo que marcharse a toda prisa y correr por el pasillo hasta su refugio.

*

Ludovic llamó a su puerta antes de que sonara la campana. Fanny vio que los libros de leyes que le había comprado le habían dado más sueño que otra cosa. Oyéndolo, parecía que remediar el daño que le habían hecho corría de cuenta de Fanny, que por un instante sintió un descorazonamiento absoluto. Protegida desde que había nacido, no imaginaba que, tras coger las riendas de su propia vida con la muerte de Quentin, sin duda con dificultad, tendría que defender los derechos de un adulto, que indudablemente debería defenderlos por sí mismo algún día. El estado mental de aquella familia incluía una amenaza peor que cualquier otra: la de devolverlo con cualquier excusa a uno de los infiernos de paz y silencio de los que venía. Por eso miraba para otro lado y evitaba cualquier tema que recordara la famosa fiesta que se avecinaba, fiesta que lo aterrorizaba por la cantidad de invitados, de hecho, desconocidos, dispuestos a juzgarlo y apoyar cualquier maniobra de Sandra contra él. La indiferencia de su padre no lo tranquilizaba.

Fanny comprendió con consternación que ni siquiera una Sandra recuperada, ni siquiera una Sandra con su color natural, la libraría de su propio deber de proteger a aquel joven amante inconsecuente, irresponsable e inerme. La única energía que animaba a Ludovic era su pasión por ella, que a sus treinta años tenía que ocultar como un crío. Fanny, la exquisita Fanny, la irreprochable Fanny, se veía de pronto convertida en la responsable y la culpable de una inverosímil comedia burguesa.

No obstante, le dio tiempo a contarle a Ludovic, que se tronchaba de risa, la partida de bridge con la Reina, y a fuerza de hacerle reír, acabó riéndose ella misma a carcajadas. Se lo reprochó enseguida: nunca había podido fiarse de la duración de sus sentimientos ni de la atención que les prestaba. Siempre había ido dando tumbos de un estado de ánimo a otro; sus únicos sentimientos sólidos habían sido felices. «Ese es su encanto», solía decir Quentin.

Y eso que ignoraba que había despertado la pasión del Buitre Viajero, del señor de la casa, del padre de su enamorado, y que aquellas semanas dedicadas al deber la habían convertido en una mujer fatal. Que todo eso ocurriera en Tours en vez de en París le daba un toque irreal al mundo exterior y a sus fracasos. Pero esa sensación de irrealidad era engañosa, y Fanny lo sabía.

Llegaron los últimos a cenar. Fanny y Ludovic bajaban la escalera bromeando, y él, que se mostraba muy responsable y protector con su suegra, la llevaba cogida del codo. La mesa, reprobatoria con su tardía y distendida aparición, les lanzó una mirada suspicaz, que habría podido indicar o despertar cierta culpabilidad. Por un momento, Fanny tuvo un ataque de risa, conducta mal vista en aquel comedor, en el que además el perro Ganache se había tumbado disimuladamente bajo la silla de Ludovic.

—¡Sois los últimos! —clamó Henri levantándose no obstante ante Fanny—. Philippe, ¿sabes si tu hermana, que es mi mujer, ha perdido algo de coloración hoy?

—Sandra ya no está nada roja —lo tranquilizó Fanny—. Está más pálida, hasta un poco azulada, y mañana...

Fanny oía su amable voz y se asombraba de lo que decía.

—... mañana, si realmente ha conseguido usted contrarrestar las trampas descaradas de mi mujer y de nuestra pobre Reina, Sandra estará amarilla...

—Las reglas del juego en esta casa me parecen poco fiables —comentó Philippe—. Y, gracias a Dios, sé de lo que hablo. En mis años jóvenes pasé toda una noche jugando al póquer con Jack Warner, el rey del cine y del póquer hollywoodiense. ¿No os lo he contado? —Y sin esperar respuesta (que al fin y al cabo sabía que sería negativa, porque se lo estaba inventando todo sobre la marcha), prosiguió—: Estaban los tres especialistas en la materia, de hecho, los tres reyes de Hollywood, que me habían aceptado en su mesa tras apostar entre ellos cuál de los tres me machacaría y me dejaría sin un dólar. Yo los ponía muy nerviosos, en Hollywood —dijo, y se echó a reír—. No quería conseguir papeles, estaba enamorado de una mujer muy hermosa pero sin blanca, tenía mi propio dinero... En resumen...

«En resumen» era una expresión que carecía de significado para Philippe, que no obstante fue interrumpido en plena reanudación de la historia por Ganache, al que Ludovic, descruzando por décima vez las piernas de puro aburrido, acababa de propinar un leve puntapié. Gañido del animal, estupor general, interrupción de la anécdota. De ahí, seguramente, la inesperada reacción de Henri Cresson:

—Pero ¡qué perro tan guapo! ¿De dónde has salido tú? ¿Nos has adoptado sin que lo supiéramos? Haces bien, este es un buen sitio para vivir, ¿verdad, Fanny? —preguntó con una sonrisa insinuante, que dejó helada a la interpelada.

—No podía encontrarse mejor casa —respondió Fanny acariciando a Ganache, que meneaba la cola muy contento mientras daba la vuelta a la mesa para presentarse a todo el mundo.

No obstante, el animal evitó con cuidado a Philippe y Marie-Laure, como si su indiferencia se pudiera olfatear, y se entretuvo inteligentemente a los pies del señor de la casa, inteligentemente porque a este, después de su alivio inicial y su visto bueno, le parecía estar oyendo ya las protestas y los gritos de Sandra, preocupada por sus objetos de decoración, sobre todo los que pesaban un quintal.

«Pero, al fin y al cabo, voy a divorciarme —se dijo Henri—, y a Fanny parecen gustarle los animales. ¡Qué mujer! ¡Oh, qué mujer!»

Miró a Ganache, y la alegría y el afecto que leyó en sus ojos fueron un cambio agradable respecto a la indeleble mirada de Sandra. ¡Ay, qué solo había estado en aquella casa!, pensó, y los ojos se le llenaron de lágrimas desconocidas por sí mismo.

—Qué perro tan bueno... —dijo inclinándose hacia el animal para ocultarlas—. ¿Cómo te llamas? ¿Cómo se llama este perro, Martin? —bramó de pronto para recuperarse y recuperar su habitual mala fe—. ¿Cuál es su nombre? ¡No me digas que has dejado entrar en mi casa a un animal desconocido!

—Ganache, señor —respondió Martin con frialdad.

La solemne presentación fue seguida por una sonora e irresistible carcajada de Fanny. Una carcajada reprimida, pensó Henri, desde su llegada, una carcajada en el severo y extravagante salón de La Cressonnade, que en la Edad Media se habría derrumbado ante semejante blasfemia.

Martin regresó a la cocina, escandalizado de haber visto a su señor conmoverse por un perro sucio y ladrón. Por primera vez desde su llegada a aquella casa, pensó con gratitud en Sandra, que pondría a Ganache de patitas en la calle.

No le dio tiempo a profundizar en las virtudes de su señora, porque la imperiosa voz de Henri Cresson lo obligó a regresar al comedor, como en algunos dibujos animados, con los postres en la mano. Los comensales parecían cansados, incluido el señor Cresson (pese a que la sonora y contagiosa carcajada de Fanny había distendido a todo el mundo). Henri, el Buitre Pretendiente, no se sintió con energía ni ánimos para anunciar a Fanny esa misma noche su propio divorcio y la boda de ellos dos.

Su emoción ante Ganache lo había dejado exhausto. Y el cansancio, el vino, los nervios, el bridge regio, la llegada de un perro y la escucha obligada de la anécdota de la partida de póquer de los Warner, también. A falta de final, se habían olvidado de aplaudir el triunfo hollywoodiense de Philippe, pero aun así todos parecían agotados.

Así que Henri encendió un puro, que presentía iba a ser el último del día. Philippe no fumaba, pero Ludovic había traído de su última estancia psiquiátrica unos cigarrillos raros, reservados seguramente a los pacientes, que tan pronto apestaban a eucalipto como a mermelada. Los pocos privilegiados que los habían probado se los fumaban hasta el final, pero nunca repetían.

No, Henri esperaría hasta el día siguiente para anunciar a Fanny su futuro. No obstante, le besó la mano con fervor y le susurró un «¡Confianza!» ante el que ella se mostró sorprendida, como la verdadera mujer de mundo que era.

—Buenas noches —dijo Henri—. ¡Ah, lo olvidaba! Parece ser que te has cargado la ventana de tu madrastra... —le dijo a Ludovic.

—Ha estado a punto de guillotinar a la Reina —dijo Fanny riendo—. La habríamos acostado al lado de Sandra: el rojo y el blanco...

—¿Y quién se ha chivado? —preguntó de pronto Ludovic con el ceño fruncido.

Martin miró a Philippe, pero guardó un silencio piadoso.

—Yo estaba durmiendo —dijo este con altivez.

—¿Entonces? —insistió Ludovic.

Marie-Laure enrojeció de ira y de vergüenza. Había empezado a delatar a sus compañeras en primaria y había seguido en el instituto Suffren, donde le habían hecho el vacío por chivata.

—¿Saben qué? —intervino rápidamente Fanny—. La pequeña orquesta de Tours estará encantada de venir a tocar en la fiesta.

Henri se encogió de hombros.

—¿Son buenos? Porque yo puedo hacer venir de Hollywood o Las Vegas a los músicos de moda, ¿sabe? Además, Philippe nos daría algún soplo.

—A mí los de Tours me parecen bien —dijo Ludovic—. Pasé a verlos ayer.

—Y yo les hice ir a la fábrica —gruñó Henri—. Tocaron en la sala de reuniones, muy bien y con mucha energía.

—Como pongan demasiada, la Venus de Milo acabará en el suelo —dijo Fanny sonriendo—. Ya tiembla con un poco de brisa... Es peligrosa para los invitados. Yo creo que la desequilibra el brazo.

«Se preocupa por todo», pensó Henri, enternecido.

—No te sigo —dijo Marie-Laure, exasperada.

—La pobre es manca, ¿no lo sabías? —le preguntó Philippe, regocijado.

La chica se levantó.

—Claro que lo sabía. Deje de querer enseñármelo todo, Philippe.

Y pese a la sonrisa de Fanny y de todos los demás, Marie-Laure, hipersensible respecto a su propia cultura, más bien escasa, se marchó.

—Parece que tu mujer se ha caído del pedestal —le dijo Henri a su hijo, y se volvió hacia Ganache—. Tú ven conmigo, porque si cruzo la habitación de Sandra con un perro, la vamos a liar.

«Menos mal que me divorcio», pensó. Y con Ganache pisándole los talones, subió al primer piso.

Ganache habría preferido seguir a Ludovic o, mejor aún, a aquella mujer tan dulce y perfumada, pero la amenazadora autoridad de Henri resultaba muy convincente para un perro amenazado por la lluvia.

Así que Ludovic y Fanny se quedaron solos un instante, antes de descoyuntarse a la vez con una risa inexplicable. Salieron al jardín, se sentaron en el banco más alejado y, más calmados, y acompañados poco después por Philippe, vieron apagarse la luz de la habitación de Henri. En ese mismo instante, la ventana de Sandra volvió a iluminarse. De pie en la oscuridad, los tres parecían fascinados, encantados y risueños. La vida volvía a ser la vida. Intercambiaron una mirada cariñosa, sin enternecimiento, una mirada casi indulgente en el caso de Philippe.

—Como mi hermana vea a Ganache... —dijo.

13

En ese preciso instante, Ganache, en el colmo de la felicidad, lanzó su primer ladrido a la noche. Las risas le hicieron tanto eco que los vecinos caninos respondieron. Los ladridos redoblaron al oírse los gritos de indignación de un ser humano del sexo femenino. En ese momento de relajación, Philippe vio la mano de Ludovic posada en la cadera de Fanny. Fue el primer ladrido de Ganache, pues, el que le hizo comprender todo.

La intuición de Philippe sobre las relaciones de Ludovic y Fanny tenía tanto más mérito cuanto que solo se las habían revelado su olfato de tonto y su afición por las complicaciones. Esa mano de Ludovic olvidada en la cintura de su joven suegra en un momento de regocijo general le parecía más elocuente que el gesto más obsceno. La gente, el público, la sociedad, en resumen, los otros, se fían especialmente de su intuición cuando es vaga, o al menos diferente de sus impresiones habituales o sus fantasías habituales: un beso en la boca a pleno sol puede parecer una broma, pero tres palabras susurradas por la noche, no. En la televisión o en el cine, se ve la negra felicidad en su inimaginable crudeza. En la vida real, preferimos sorprender a saber, por no hablar de comprender. Muy a menudo, las impresiones erróneas nos convencen más que las acertadas, como si el miedo a la mentira rodeara los hechos falsos y, por su misma inverosimilitud, los hiciera más innegables.

Lo que sintió Fanny al descubrir la mirada de Philippe habría podido tanto honrarla como avergonzarla. En cualquier caso, comprendió que estaba unida para siempre a Ludovic en la mente del hermano de Sandra y que no tenía ni la fuerza ni la indignación necesarias para contradecirlo. El cielo se iluminó o se apagó, el campo entero se volvió falso, delator y fidedigno.

La verdad estaba ahí, entre la chaqueta de tweed de Ludovic y su vestido de seda. Estaba en aquella mirada. La verdad sexual que merodeaba a su alrededor, sin haberle abierto los ojos de verdad nunca: la muerte de Quentin, sus contados amantes, las playas, sus amoríos o sus placeres, tan diluidos ya. Y ahora, de pronto un mitómano que se equivocaba la obligaba a admitir su deseo, su irresistible inclinación por un chico que se creía enamorado para siempre de ella, cuando ella nunca lo había visto como tal.

Un chico que, con la valentía de los ingenuos, amaba lo que deseaba, admitía lo que lo emocionaba, se entregaba sin resistirse. Inocentemente, como ya nadie tenía la posibilidad, la valentía o la sencillez de hacerlo en ese siglo.

La risa de Philippe había bajado de tono. Al instante, la de Ludovic, como misteriosamente puesto en guardia, se había vuelto más franca, más grave, más masculina, más tierna. ¿Y la suya? ¿Qué había pasado con la suya? Se le antojó superficial, falsa y sin juventud, sin parecido con las de sus dos compañeros. Se le antojó débil y ridícula, como su persona. Ya no se acusaba de inmoralidad, de locura, sino de cobardía. Esa risa nueva de Ludovic, esa nueva voz implicaban virilidad —fuerza, decisión y también inconsciencia—, una virilidad que solo era el precio del deseo, en ningún caso su misma naturaleza, ni siquiera una de sus máscaras.

*

La velada, que prometía ser larga y alegre, quedó reducida a un cuarto de hora, gracias al falso descubrimiento de Philippe y al verdadero de Fanny.

El único que estaba cómodo era Ludovic. Ni siquiera el hecho de que Fanny se hubiera apartado de su hombro lo había deprimido. En cierto modo, Ludovic había reforzado, ganado, identificado algo entre ella y él. Fanny había comprendido y aceptado sus sentimientos, y se había alejado de su chaqueta de tweed como de un capullo, aceptado no obstante desde siempre. Él no relacionaba su alejamiento con la mirada de su tío político —o su tiastro; en fin, de Philippe—, que para Ludovic encarnaba el aburrimiento y la mitomanía, pero estaba bajo la protección de Sandra. Desnortado, mentiroso, pero buen tipo, vaya.

Ludovic arrastraba consigo no pocas expresiones pasadas de moda, expresiones aprendidas en los internados, ampliadas en las *boîtes* parisinas y, curiosamente, confirmadas en los sanatorios que les habían seguido. Ludovic decía: «Un buen elemento», o «Un elemento de cuidado». Decía: «Una mujer cañón», por su buen tipo, o «Un tío grande», como su padre empresario. Hacía mucho tiempo que no declaraba nada coherente sobre Marie-Laure, su mujer, que sin embargo era «una bellísima persona» cuando la conoció. En cuanto a Sandra, era una mujer «que estaba en todo». Fanny era la única que escapaba a cualquier adjetivo, a cualquier calificativo, que estaba fuera de discusión. Silencio que, en ese caso, era de lo más astuto.

Al retirarse, «los chicos», como decía Sandra hablando de Ludovic, Marie-Laure, Philippe y Fanny, solían darse un beso de buenas noches en la mejilla, en uno de esos raros momentos de acercamiento instintivo que inspira la pesada y peligrosa presencia bajo el mismo techo de una anfitriona como ella. Enraizados en la infancia inconsciente, tanto el miedo y la incomprensión como la solidaridad pueden unir a los adultos por mayores que sean. Pero esa noche, Philippe, en lugar de besarle la mejilla, besó la mano de Fanny, la nueva culpable —y para él, por tanto, respetable— de un drama inesperado en aquellos campos llenos de comodidades y aburrimiento. Y esa noche, al besar la cara mal afeitada de su joven yerno Ludovic, Fanny mostró un envaramiento evidente para cualquiera. Una prueba adicional de su culpabilidad para Philippe y una ocasión para Ludovic de posar los labios en la suave y perfumada mejilla de Fanny, impregnada del olor que había percibido por primera vez en la estación de Tours y que desde entonces le parecía el único perfume femenino del mercado.

Esa noche, Ludovic se sentía especialmente joven, feliz y enamorado, y la sensibilidad como apagada de Fanny, su ceguera hacia su amor le parecían menos definitivas que de costumbre. Su risa también. «La risa es lo propio del amor», había dicho alguien, y en efecto, nada como la risa para ridiculizar o aniquilar la moral. Soltando la cintura de Fanny, que había enlazado sin pensar, alzó el brazo y lo puso alrededor de sus hombros. Estaba lanzado hacia ella. Se inclinó, pero tenía su mejilla demasiado cerca, le había impuesto una altura, una proximidad que la ponía al nivel de su boca. A menos que ella lo rechazara, que retrocediera con un movimiento brusco, a menos que sus frentes y sus barbillas chocaran, la única solución posible era volver un poco la cabeza alzándola al mismo tiempo y dejarse besar en los labios de soslayo. Lo que Fanny permitió por miedo estético y Ludovic hizo con toda naturalidad, una vez más bajo la mirada hostil de Philippe, que aceptaba gustoso el papel de espía psicólogo, pero no el de testigo desdeñado. Por lo demás, el beso fue de lo más breve, porque Fanny dio media vuelta diciendo: «¡Oh, perdón!» con una voz glacial. Philippe la siguió silbando entre dientes con un aire burlón y Ludovic, lo siguió a él.

14

Sandra Cresson tenía la sensación de haber oído el ladrido de un perro y los chasquidos de cuatro patas mezclados con los pasos autoritarios de su marido al cruzar la habitación. Instintivamente, la idea de un perro en su dormitorio Luis XV le arrancó una risita pueril.

—¿Sabes, Henri? —dijo—, creo que me estoy volviendo loca...

La voz de su marido resonó en la habitación de al lado:

—Ah, ¿sí?

No parecía ni sorprendido ni irritado. Hay que decir que el pobre estaba harto. Sandra levantó la cabeza de la almohada.

—He oído ladrar a un perro, y hasta que cruzaba mi habitación —dijo, y se echó a reír.

—Vaya, vaya...

—No me negarás...

—¡Chis! ¡Calla! ¡No te muevas de ahí, y calla! —refunfuñó Henri—. ¡Quédate en la cama, y silencio! —Sandra, estupefacta por las palabras y por el tono, se calló, en efecto, ofendida—. Perdona, pero... —continuó la jadeante voz de Henri—. ¡No te muevas de ahí, he dicho!

—¡Por amor de Dios, Henri! Sabes muy bien que no puedo andar, por desgracia...

—¿Y quién te lo pide? Esto..., perdona otra vez, Sandra, pero estoy molido, seguro que tendré pesadillas. Cierro la puerta para dejarte dormir...

Y la puerta sagrada, la puerta siempre abierta entre ellos, que velaba por su doble soledad, se cerró de un portazo. Le siguió el clic-clac de hacía un rato, un clic-clac amortiguado e inexplicable, a menos que Henri se hubiera puesto a bailar claqué. Pero ¿acaso no era capaz de todo?

15

La habitación de Fanny, abierta, aireada todos los días, llena de prendas diversas y elegantes esparcidas por la alfombra, había adquirido un aire de provincias, un olor a hierbas, y las grandes hojas del plátano penetraban osadamente por entre las contraventanas, indicando a la mirada de la madre de Marie-Laure el cielo azul oscuro, salpicado de estrellas fugaces, mientras la tierra húmeda dejaba ascender su habitual frescor.

Philippe había acompañado a Fanny hasta su puerta y le había besado la mano con una media sonrisa, que la exasperó. Él no insistió, mañana sería otro día para esas comedias. Así que Fanny cruzó la habitación, se echó un vistazo inquieto y enfadado en el espejo y fue a asomarse a la ventana. La gran hoja de plátano la envolvió a su vez, suave y rugosa como la chaqueta de Ludovic..., del pícaro, del atrevido, del envolvente Ludovic..., de aquel joven bobalicón transformado en un hombre en medio segundo, que les había impedido, a ella y a todas sus mañas, evitar aquel hombro, aquel brazo y aquel paso adelante o atrás, aquel torpe paso de retroceso que la había alejado de su boca. ¡Y ella, en vez de zafarse de algún otro modo de la insistente mirada de Philippe, se había inclinado de nuevo hacia su enamorado, su desventurado yerno! Al soltarla, los labios de Ludovic habían rozado su rostro una vez más, y, si aquel cretino de Philippe no hubiera estado tan cerca de ellos, puede que aún siguieran los dos bajo el atolondrado cielo de septiembre.

Llamaron a la puerta.

—¡Adelante! —dijo Fanny imaginando que sería Philippe, Henri o Sandra, con alguna de sus tonterías.

Pero quien entró, con gran audacia, fue Ludovic, que se llevó un dedo a los labios, como un cómplice. Pese a su indignación, Fanny bajó la voz:

—Pero ¿qué haces tú aquí? ¿Has venido a explicarme por qué casualidad...?

Se interrumpió, porque se sentía ridícula haciendo ese tipo de reproches a un chico cercano a la treintena, aunque nunca había pensado en él ni le había hablado como a un hombre. En realidad, ¿lo había hecho con alguien, aparte de Quentin? Quentin, que se habría reído si la hubiera visto allí, con la bata arrugada, protegiendo su reputación frente a un joven recién salido del manicomio.

Ludovic llevaba la chaqueta de tweed en el brazo y tenía el pelo revuelto y los ojos brillantes. A Fanny le sorprendió no haberse dado cuenta antes de lo guapo que era. «Porque es un hombre atractivo, muy atractivo», se dijo fríamente. Lo había tomado por Billy Boy y ahora le recordaba al príncipe Pushkin.

No obstante, por costumbre, le hizo sentarse al pie de la cama y se acomodó en la cabecera. Las largas piernas de Ludovic descansaban en la alfombra. Fanny se había sentado sobre las suyas. ¿Qué iba a decirle, sin herirlo?

—No quiero humillar a mi hija, Ludovic —empezó—. Ella es como es, estamos de acuerdo, pero...

—Es peor que eso —dijo Ludovic, y bajó la vista hacia sus piernas.

Fanny las encogió con nerviosismo un poco más, porque la colcha le parecía resbaladiza y fea, francamente fea. Ludovic la miraba a los ojos, sonriendo sin ninguna complicidad.

—Siempre ha sido así —dijo—, hasta cuando era nueva. Cuando yo era pequeño, mi tía Marthe la compró para su boda con el hermano mayor de papá, André. A André lo mataron en el 40, cuando retrocedía hacia aquí con su hermano Marcel.

—¡Qué horror! —exclamó Fanny, desconcertada.

—Y mi padre se hizo cargo de la fábrica con diecinueve años. Fue él quien la transformó en ese inmundo edificio de la llanura, y también esto. Pero, como él dice: «Morir en la guerra del 14, nos convertía en héroes, pero en la del 39, nos convertía en gilipollas». Disculpa... Las dos tías volvieron junto a sus madres con los bolsillos llenos, pero antes quisieron dejar su impronta. Después vino mi madre, pero yo no la conocí, y a ella le importaba un bledo la decoración. Y, por último, apareció Sandra, por eso de que tenía tierras limítrofes con mi padre, por cuestiones de dinero, vaya.

—Pobre Sandra... —Fanny estaba recuperando la sangre fría—. Es la más desgraciada aquí, ¿no?

—No —dijo un Ludovic tranquilizador y firme—. Antes yo era el más triste, pero ahora soy el más feliz.

—¿Y por qué eras tan desgraciado? —preguntó Fanny con severidad, lo que no pareció afectar a Ludovic.

—Nadie me quería ni se ocupaba de mí, nadie.

—¿Y no podrías contarme tus penas de niño mañana?

Ludovic se levantó de un salto. Fanny perdió el equilibrio. Él la sujetó y volvió a sentarla en la cama, como si fuera una muñeca. La camisa blanca entreabierta dejaba ver su bronceado cuello, sus lustrosos cabellos, que le llegaban a la nuca, su torso, su boca, tan grande y fresca...

La memoria de Fanny estaba en franca retirada o en total desequilibrio, porque le hizo volver hacia él el rostro, pronto cubierto de largos besos suplicantes y hechos para ella y para él. Los labios se deslizaban por los cuerpos con una mezcla de deseo y devoción, ímpetu y abandono, vago rechazo y tozuda sumisión. Todo ello, de manera extraña en aquella habitación, ahora oscura y transparente, en la que temblaban con tanta fuerza como la hoja del plátano, el cielo y las estrellas, invertidos.

*

Cuando Fanny despertó, sin haber dormido, creía ella, como después de las auténticas noches de amor, él se había marchado. Por un instante, la ofendió que no estuviera allí, que se hubiera ido sin decírselo, que se hubiera «atrevido» a irse. En lo que reconoció, bostezando y desperezándose, los signos posesivos del amor. «Sin duda, sin duda», se repitió, buscando nombres para sus sentimientos, sin encontrar otra cosa que el bienestar y el cansancio de su cuerpo.

En Fanny, la sensualidad residía en la fidelidad. Y las mañanas de después de Quentin nunca se habían parecido a las otras, salvo aquella, por primera vez y muchos años más tarde, gracias a un tunante más joven que ella. No buscó el número exacto de años que los separaban, ni se preocupó por el hecho de que él fuera el marido de su hija, tan devaluada a sus ojos, o de que lo creyeran medio loco. Recordó que Ludovic le había dicho: «Te amo» porque ella le había hecho notar que no conducía el coche culpable el día del accidente y que, al menos ella, no lo había olvidado. Un «Te amo» que no había dejado de repetirle en voz alta o baja, sobre todo después de aquella noche. ¿Qué era un hombre que te amaba, sino sus mejillas rasposas, sus silencios interrumpidos por palabras inaudibles y obvias, aquella prisa y aquel miedo sentidos por igual?

Se vistió muy cuidadosamente con un modelo que sabía confeccionado para ella por un modisto al que no le gustaban las mujeres, aunque, viendo el vestido, nadie lo habría dicho. Sin embargo, se resistía a levantarse y abandonar así, al borde de una bañera, el olor de su amante mezclado con el suyo. Y cuando bajó la escalera para encontrar a La Cressonnade en pleno desayuno, los numerosos cumplidos que la recibieron no la sorprendieron ni la inquietaron. Más bien la divirtieron como una obviedad. No dedicó ninguna sonrisa amable a Ludovic, de pie detrás de su silla, atezado, moreno, pelirrojo, con los ojos somnolientos, la boca entreabierta, el cuerpo ladeado y los párpados hinchados bajo la mirada que posaba en ella.

—¡Qué mujer! —exclamó el hombre de su misma edad, el Buitre Volador, el único al que habría podido seducir sin provocar un auténtico escándalo.

—Totalmente cierto —dijo Philippe sin reticencia, porque a pesar de todo le gustaban las mujeres y había tenido algunas a las que había colmado de atenciones en el desayuno. Por un instante, la nostalgia le formó un nudo en la garganta.

—Estás estupenda, estupenda —admitió Marie-Laure, sin que ninguna ambigüedad alimentara sus súbitos celos.

—¡Vaya que sí! —rugió Ludovic con un impulso natural que habría podido ser comprometedor si no hubiera sido sincero.

«Es mía —pensaba—. Hace dos horas estaba desnuda entre mis brazos, me decía...» Lágrimas de gratitud, felicidad y orgullo le anegaron los ojos.

—Después de desayunar, os llevo a ver la sima de Saultes —dijo Henri, que, ante sus expresiones intrigadas, añadió—: Es domingo, he hecho traer el Beechcraft de la fábrica. Tengo que enseñarle el campo a Fanny. Aquí solo ha visto tiendas.

—Creo que Fanny ha visto lo mejor de La Cressonnade —declaró Philippe con una sonrisa tan insidiosa que nadie prestó atención a la extraña frase, ni siquiera la interesada.

De pronto no había amenaza que se sostuviera después de un té tan delicioso. ¿De qué marca era? Preguntado, Martin casi enrojeció al responder «Lipton». En realidad, y sin darse cuenta, esa mañana Fanny hacía enrojecer a todo el mundo con una nostalgia incontrolada y violenta, como hacen a veces las personas felices o plenamente satisfechas.

Fanny y Ludovic pusieron el mismo cuidado en evitarse durante aquel extraño vuelo sobre la Turena organizado por Henri Cresson. Vuelo que hasta ese momento solo había ofrecido a los empresarios japoneses más ricos o a sus homólogos menos despiertos. Tardaron dos horas en hacer, con mil sobresaltos, una excursión que habría durado media hora en coche. Pero el avión era el arma secreta de Henri Cresson, aunque el Buitre Volador nunca había conseguido aprender a manejarlo, «Gracias sean dadas a san Cristóbal», decían sus conocidos y sus subordinados.

Fanny pasó un día delicioso y absurdo. La excursión le gustaba; el cansancio de la noche y la presencia de Ludovic, sentado detrás de ella, daban a su rostro una expresión serena. Como muchas mujeres de su edad, veía un protector en sus amantes, idea desaparecida desde hacía mucho tiempo para la generación siguiente.

—¡Qué bonito! ¡Qué bonito! —exclamaba por su parte Marie-Laure, a veces para sorpresa de todos, salvo de Philippe, que había observado la tendencia de las mujeres engañadas, aunque ignoraran su situación, a comportarse como niñas pequeñas.

Además, tenía razón: castillos, ríos, colinas, un cielo azul pálido, el final del verano... La Turena desplegaba bajo ellos todos sus encantos, que los comentarios técnicos de Henri no podían empañar. «Qué hermosa es Francia —pensaba Fanny—, y qué hermoso es mi amor...» El avión olía a boj y a las siringas que sobrevolaban de vez en cuando a baja altura para aspirar su aroma.

En un momento dado, Fanny fue presa de un deseo tan intenso, debido a un recuerdo concreto de Ludovic, que se volvió hacia él pero se sentó de nuevo enseguida sin tocarlo siquiera con la yema de los dedos. Ese impedimento, esa imposibilidad sería uno de los recuerdos más sensuales de su vida amorosa. Y de pronto, un instante después se dijo: «Él está loco y yo soy una pervertida», idea que no se le había pasado por la cabeza en toda su vida, pero que en ese momento le pareció tan evidente como las cosas falsas que pensamos sobre nosotros mismos en instantes de cansancio y duda extremos. Miró sus brillantes ojos alzados hacia ella.

Realmente, habría sido necesario que en esos momentos lo odiara de verdad para que él lo sintiera, para que sus ojos se apagaran y se enturbiaran y ella recuperara una imagen de sí misma y de él más real, es decir, la de una mujer perdida, lejos de París, enamorada de un grandísimo tonto acomplejado por una vida solitaria.

16

Quedaban seis días para la famosa fiesta, y en la casa todo el mundo se hacía la misma pregunta: ¿sería Sandra tan tozuda para levantarse y aparecer? Era con lo que amenazaba a todos, con la cara aún roja, pese a los gritos de Henri.

Ludovic y Fanny se veían todas las noches después de haber compartido el día, y Philippe estaba cada vez más irritado. Pero sabía que en aquel ambiente el miedo al escándalo podía más que la curiosidad. También sabía que corría el riesgo de que Henri, fascinado y galán inimaginable hasta entonces, lo pusiera de patitas en la calle. Él mismo había conocido no pocas situaciones similares que habían acabado francamente mal para los testigos (entre ellos, él), de modo que...

Al final resultó que el huésped más listo de La Cressonnade era el perro Ganache. Atraído desde el primer momento por el perfume, la dulzura y la feminidad que para él encarnaba Fanny, no había tardado en comprender que ese afecto era compartido —ciertamente, a ratos— y que él solo ocupaba el segundo lugar, después de aquel chico alto y flaco llamado Ludovic, excelente corredor de fondo, amable pero demasiado despistado. Los otros dos señores ni lo veían. De hecho, su mayor preocupación era esquivar los traicioneros puntapiés de Martin. No, el único amo que encontró en aquella espaciosa e inesperada vivienda fue el hombre de la voz de trueno, fuerte, autoritario y algo sentimental, aquel individuo llamado Henri, ausente demasiado a menudo, pero evidente señor de la casa. Señor para todos, salvo para el otro animal que por desgracia se alojaba cerca de su habitación, una señora que soltaba suspiros y hacía ruidos que nunca había oído. Ahí estaba la amenaza, no en vano su amo Henri le había enseñado a evitar su guarida y pasar por la puertecita del pasillo para ir a junto a él por la noche. Henri solo reconocía su relación particular con él en el jardín, la terraza y, a veces, en el coche, donde lo llamaba «Perrito guapo» o «Preciosidad de chucho», además de otras tonterías que, dichas con su voz gruñona, calentaban el corazón olvidado del perro. El animal encontraba en esa voz como un eco, lamentablemente humano, de la suya. Sus ladridos se parecían, pero de eso solo se había percatado la sensible Fanny.

17

El cielo se divertía a su costa: o hacía buen tiempo, anaranjado, otoñal, o demasiado calor, con bochorno, o llovía y tronaba. En dos horas, el tiempo cambiaba radicalmente; Turena parecía Normandía. Era como si todo dudara dentro y fuera de la casa. Allí lo único que seguía siendo implacable era Ludovic, la mirada de Ludovic, el jersey de Ludovic, las manos de Ludovic, la felicidad de Ludovic, a los que Fanny en realidad no podía ni quería sustraerse. Una de las cosas que menos cuesta conseguir es el deseo o la pasión de otro ser humano, mientras que la más difícil es la felicidad, si lo único que has hecho en realidad es mirarlo y verlo. Pero nadie había mirado nunca a aquel chico con la idea de convertir su vida en un regalo permanente. Nadie había querido hacerlo feliz, divertirlo, sacar lo mejor de él. Nadie había querido tampoco curarlo, ni de su falsa locura ni de su total soledad. Fanny regalaba, daba, aconsejaba, se olvidaba de sí misma.

Las grandes carpas montadas en la terraza se bamboleaban, se cargaban de sol y de lluvia. Para ellos dos, los días se parecían entre sí, lo mismo que las noches, tan breves como indispensables. Y sin embargo Quentin... Quentin. ¿A quién habría podido amar aparte de a Quentin? Al cabo de diez días la fiesta habría pasado, Ludovic estaría rehabilitado (tal vez) y ella se iría para volver al trabajo y olvidar a su amante, demasiado joven e irresponsable.

En la enorme cama provinciana, Fanny se sorprendió llorando sin saber por qué mientras su amante dormía. «Llorando de cansancio», se decía ella con obstinación, llorando de incertidumbre, de vaga humillación, de duda: él nunca hablaba de dudas, de partidas ni de separaciones. Y por una especie de discreción, por miedo, ella tampoco lo hacía. Sus miradas estaban tan estrechamente mezcladas como sus cuerpos, pero por la noche, cuando él encendía un cigarrillo para sí mismo y otro para ella y cuchicheaban como si fueran dos adolescentes que tenían prohibido fumar, solo se sentían capaces de eso.

Para ellos, el secreto estaba en la pasión Ganache-Henri, Henri-Ganache, que les hacía reír y también escuchar a veces, en la habitación más alejada, la ronca respiración de Sandra y los ronquidos, tan viriles, del taimado Philippe. Tan informado, tan discreto, tan exasperado. Marie-Laure multiplicaba los sarcasmos contra todo el mundo, sin que nadie la escuchara.

*

El gran día llegó al fin y, para sorpresa de todos, hizo buen tiempo. Como un regalo, el cielo amaneció azul, siguió azul y luego se fue volviendo negro lentamente.

Poco a poco, la buena sociedad de Turena, de París, de donde fuera, llegó en los coches apropiados, que estacionaron en el aparcamiento preparado para la ocasión. En esmoquin o traje de noche, los miembros de la familia tenían un aspecto curioso. Henri había dudado entre un terno demasiado estrecho y otro demasiado ancho. Philippe solo tenía un traje muy usado, pero impecablemente cortado en Londres en la época de sus locuras. Por su parte, Ludovic llevaba un esmoquin, demasiado grande tras su paso por las clínicas, pero que le quedaba bien. El pelo rojizo oscuro y los ojos a juego le hacían parecer equilibrado, y todo ese rojo, esa espesura, ese lustre, quedaban atemperados por una sonrisa tímida que, después de tres años de misterio, seducía a los suyos y a los nuevos amigos de La Cressonnade. «En realidad, es castaño rojizo, como su madre, que falleció tan joven», repetía Henri con el sombrío orgullo de la ignorancia. Admitía sin inconveniente, transcurridos treinta años, que su joven mujer, su único amor, había tenido el pelo castaño rojizo hasta su muerte, aunque él no hubiera podido soportarlo ni un instante mientras vivía, cuando la amaba, cuando conocía a la perfección su sedoso pelo castaño oscuro, cuando hundía su cara en él, a veces en pleno día. Alguien se lamentaría aún con voz sorda en algún que otro momento, cuando él pensara o le hicieran pensar en ella. Alguien silenciado y vagamente ridículo, a su modo de ver, alguien sin orgullo.

Algunos títulos imprescindibles
de Lumen de los últimos años

Flush | Virginia Woolf
Las inseparables | Simone de Beauvoir
Qué fue de los Mulvaney | Joyce Carol Oates
Léxico familiar | Natalia Ginzburg
¿Quién te crees que eres? | Alice Munro
Éramos unos niños | Patti Smith
Bitna bajo el cielo de Seúl | Jean-Marie Gustave Le Clézio
Un lugar llamado Antaño | Olga Tokarczuk
La chica | Edna O'Brien
La tierra baldía (y Prufrok y otras observaciones) | T. S. Eliot
Número cero | Umberto Eco
Poema a la duración | Peter Handke
Esa puta tan distinguida | Juan Marsé
El cuaderno dorado | Doris Lessing
La vida entera | David Grossman
Todo queda en casa | Alice Munro
La fuente de la autoestima | Toni Morrison
Rabos de lagartija | Juan Marsé
La amiga estupenda | Elena Ferrante
M Train | Patti Smith
La Semilla de la Bruja | Margaret Atwood
Gatos ilustres | Doris Lessing
La Vida Nueva | Raúl Zurita
Gran cabaret | David Grossman
El tango | Jorge Luis Borges

El año del Mono | Patti Smith

Un cuarto propio | Virginia Woolf

Eichmann en Jerusalén | Hannah Arendt

A propósito de las mujeres | Natalia Ginzburg

Las personas del verbo | Jaime Gil de Biedma

Nada se acaba | Margaret Atwood

Cuatro cuartetos | T. S. Eliot

La vida mentirosa de los adultos | Elena Ferrante

Un árbol crece en Brooklyn | Betty Smith

El mar, el mar | Iris Murdoch

Memorias de una joven católica | Mary McCarthy

El nombre de la rosa | Umberto Eco

El cuarto de las mujeres | Marilyn French

Colgando de un hilo | Dorothy Parker

Cuentos completos | Jorge Luis Borges

El chal | Cynthia Ozick

Objeto de amor | Edna O'Brien

La historia | Elsa Morante

Poesía completa | Jorge Luis Borges

Cuentos reunidos | Cynthia Ozick

La belleza del marido | Anne Carson

El pie de la letra | Jaime Gil de Biedma

Cuentos completos | Flannery O'Connor

Últimas tardes con Teresa | Juan Marsé

Paisaje con grano de arena | Wisława Szymborska

Cuentos | Ernest Hemingway

Las olas | Virginia Woolf

Si te dicen que caí | Juan Marsé

Antología poética | William Butler Yeats

Demasiada felicidad | Alice Munro

Narrativa completa | Dorothy Parker

El príncipe negro | Iris Murdoch

Este libro
acabó de imprimirse
en Barcelona
en mayo de 2021

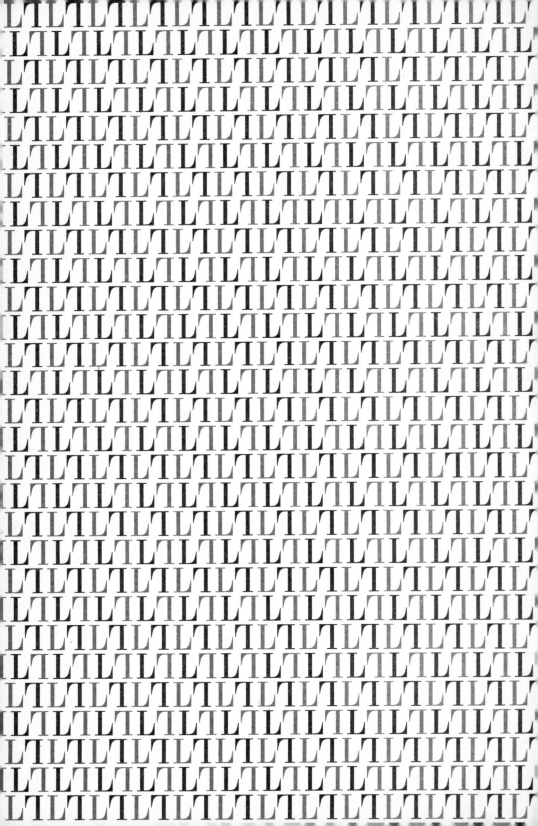